Francisco Umbral
Las ninfas

Francisco Umbral

Las ninfas

Premio Eugenio Nadal 1975

Ediciones Destino
Colección
Destinolibro
Volumen 55

© Francisco Umbral
© Ediciones Destino
Consejo de Ciento, 425. Barcelona-9
Primera edición: febrero 1976
Primera edición en Destinolibro: enero 1979
ISBN: 84-233-0979-7
Depósito legal: B. 380 - 1979
Impreso por Gráficas Diamante,
Zamora, 83, Barcelona-18
Impreso en España — Printed in Spain

A Carolina y María José

Hay que ser sublime sin interrupción

Baudelaire

(LA habitación era cuadrada, o rectangular, u oblonga, o quizás fuese oblongamente rectangular, oblongamente cuadrada, rectangularmente ovalada, elípticamente cuadrada, no sé, quién sabe. La habitación, quizás, era cada día de una forma. Cada tarde, cada noche, cuando la lluvia azul de sus paredes descendía como un lento desangramiento atardecido, como una humedad del tiempo más que del aire, como un llanto de las cenefas o una respiración de los espejos. La habitación tenía una atmósfera azul, en todo caso, pero bien sabíamos que el revés de aquel azul era un sepia, un sepia quemado, un sepia de recuerdo, magnesio y olvido. Digamos que la voluntad de la habitación era azul, que la habitación tenía una voluntad de azul, o una voluntad azul, más sencillamente, pero de vez en cuando quedaba traicionada por el sepia, le salían del fondo de los armarios y de los cajones, y de debajo de las mesas y de las alfombras, y por detrás de los espejos y de los cuadros y de las fotografías, unos rebordes sepia, unas cenefas, unos zócalos tristes. Como una mujer que se viste de azul y de pronto sonríe y le vemos un diente de metal. El azul era nuestra fe en la vida y el sepia era la verdad de la vida, el color triste y antiguo que se iría comiendo los azules, el fuego tibio y soso que va empalideciendo las cosas, pero todavía éramos lo suficientemente jóvenes como para no ver o no querer ver el sepia, como para dejar que nuestras almas —barbos líricos— nadasen en las

9

aguas azules de la habitación azul. Tenía, sí, la habitación, retratos solemnes, espejos con vida, muebles reverentes, mesas autoritarias, todo del color hondo de la madera con memoria, pero todo bañado en el añil ideal, voluntario y mojado de aquellos días. Hasta que por cualquier resquicio asomaba el sepia triste, un sepia de ratas, olvidos, pobreza o pasado.

En el azul de la estancia podían brillar las platas espesas de la cubertería o cobertería, que ya entonces tenía yo la duda de esta palabra, y nunca he tratado de resolverla, sino que lo he evitado, porque así tengo dos palabras, dos sugestiones, dos sonidos. Los dos sonidos, los muchos sonidos que tenía aquella plata de los domingos, de las comidas, de los velatorios, de las grandes y las pequeñas fechas de la familia. En el azul de la estancia (y hablo de la estancia porque es importante) podían lucir los oros mate de las molduras, por ejemplo aquel marco denso y excesivo que le habíamos puesto, que le habían puesto a una lámina de la Gioconda, a una reproducción mediocre de la Gioconda, y que hace que, desde entonces, la Gioconda tenga para mí una pobreza y un convencionalismo de interior pequeñoburgués, y que su sonrisa me haya parecido siempre la sonrisa ignorante y aldeana de una moza endomingada y antigua, sin mayor secreto, enigma ni interés.

Pero viejos ebanistas al servicio de la familia habían forjado aquel cuadro a mayor gloria de tan alta dama, y el más joven y pretencioso de los ebanistas, el de pelo más negro y rizado, sin duda se sintió un poco leonardesco trabajando para Leonardo, haciéndole un marco de voluta y purpurina a aquella reproducción de tercera mano, a aquella lámina con los colores cambiados y los fondos perdidos. La Gioconda era como la sonrisa renacentista de la libertad en nuestro cuarto de imaginar libertades, pero a mí nunca me dijo nada. A mí la Gioconda me daba igual, y me sigue dando.

En cuanto a los antepasados de los grandes retratos y las grandes fotografías, eran para mí tan antiguos como la Gioconda, y me quedaban igual de indiferentes y convencionales, una imposición de los mayores, algo que había que ignorar, porque estaban perdidos también en la floresta antigua de la familia, de la historia.

Las muertas de la familia tenían diadema en la frente y los muertos de la familia tenían barba de zares, de modo que todos los antepasados, todos los antiguos, todas las gentes anteriores a nosotros nos parecían muy iguales entre sí, intercambiables, y ellas estaban todas entre la reina María José (reina o emperatriz) y Greta Garbo, mientras que ellos estaban todos entre los Romanoff y el último presidente del Gobierno. Daba igual.

El adolescente —porque nosotros éramos adolescentes— encuentra que la humanidad ha sido muy confusa, indefinida, imprecisa, indeterminada e indiferenciada hasta que ha llegado él al mundo y, sobre todo, hasta que ha llegado a esa mayoría de edad convencional y anticipada, precoz e impaciente, que es la adolescencia. No es fácil distinguir entre sí a los filósofos griegos, a los emperadores romanos, a los poetas románticos, a los pintores clásicos ni a los reyes godos. El mundo sólo empieza a estar claro con

11

uno mismo. Uno, hacia esa edad, hacia aquella edad, se siente neto, definitivo, frente a la ambigüedad fundamental de las grandes figuras históricas, de las pequeñas figuras municipales y de los parientes de la familia. Lo cual no empece —entonces decíamos "no empece"— para que uno, al mismo tiempo, se sufra y experimente a sí mismo todo el día, se soporte en forma de medusa, pulpo de indefinidos tentáculos, nebulosa versificante y tal.

No otra cosa es la adolescencia que ese estar maduro por un costado y verde por el otro, de modo que yo podía sentirme perfilado, refulgente y neto frente a los dioses de la Mitología y los generales de la Historia, que no eran más que un magma común, pero al mismo tiempo me sentía invertebrado, desvaído y tonto frente a cualquier funcionario público, visita de casa o señorita de escasos medios.

Y digo que nuestras almas nadaban como barbos líricos en las aguas azules y mediocres de la habitación, porque al otro extremo de la misma, junto a la ventana enrejada, estaba mi primo, alguno de mis primos, con su laúd, sus versos, su bigote temprano y sus amores, haciendo música, haciendo poesía, haciendo romanticismo, sentimentalismo, erotismo blanco y sonetos malos. Él sí puede que tuviera un perfil, una personalidad, una persona, una máscara (ya aprendíamos entonces en los griegos que máscara significa persona). Algo. Él debía tener algo, porque había decidido llegar a los veinte años —tan lejanos aún— hecho un poeta romántico, un músico medieval o un padre de familia, mientras que yo, más lejano aún de los veinte años, no había conseguido acerar ni acendrar mi alma mediante el laúd, el endecasílabo, la novia o el bigote, así que andaba perdido entre todas esas posibilidades y otras muchas, sin optar por ninguna, temeroso de la dispersión, ni optar tampoco por una sola de ellas, temeroso de la limitación.

Un adolescente es un proyecto de adulto que fracasa todos los días para volver a empezar, y mientras que el romanticismo de mi primo le permitía simultanear el laúd, los versos, el amor, el bigote, el sentimiento y la vida, mi cartesianismo naciente, mi intelectualismo incipiente y mi cobardía congénita me llevaban por el camino del orden: así que yo era la posibilidad de un bigote, la posibilidad de un laúd, la posibilidad de un soneto, la posibilidad de un amor. Yo era pura posibilidad. Más que un bigote, yo era la ausencia de mi bigote. Más que nada yo era —parafraseando a los modernistas españoles que por entonces empezaba a leer— mi melena rubia y el bigote que me faltaba. Yo no era nada.

Nadie.

Sabíamos, sin haber leído aún a Baudelaire, que hay que ser sublime sin interrupción. Baudelaire, aquel eterno adolescente, lo había escrito para nosotros, pero aún no lo habíamos leído, y era como si no lo hubiera escrito. Yo quería ser sublime sin interrupción, y cada mañana acuñaba mi sublimidad, pero el día la iba llenando de interrupciones: la interrupción del estudio, del trabajo, de algún recado familiar (todavía) e incluso la interrupción del sexo, del cuerpo, del retrete, del erotismo, que entonces no era ninguna de esas cosas y era todas a la vez.

Porque la masturbación no era romántica ni científica ni clásica ni apolínea ni dionisíaca (puede que fuese dionisíaca, sólo que no lo sabíamos). La masturbación aún no tenía encaje en la cultura, en nuestro panorama cultural de sublimidad, y sin embargo había que masturbarse. Y quizá la masturbación, que no me cansaba el cuerpo (contra lo que decían los curas) sí me cansaba el alma, porque después de la masturbación toda la persona quedaba desestructurada, todo el personaje se venía abajo, y había que volver a empezar de nuevo por el principio, lo cual era un poco agotador. Se fabrica uno penosamente un clasicismo durante una semana y de pronto un golpe dionisíaco, en tres minutos, lo echa todo por tierra, deja en ruinas nuestros Partenones interiores y uno vuelve a ser un paria que vaga por las estepas y las nebulosas de la falta de personalidad. Los médicos lo llamarían más tarde crisis de identidad. El adolescente sufre muchas crisis de identidad. No sólo la angustia de no saber quién es, sino, sobre todo, la angustia de no saber quién quiere ser, cómo quiere ser, qué quiere ser en la vida.

Aquella pregunta que aún nos hacían las visitas pocos años antes:

—¿Y tú qué vas a ser, rico?

El niño, que no tiene crisis de identidad, porque es natural, salvaje y continuo, sale del paso diciendo que va a ser bombero, pero el adolescente encuentra que un bombero no puede ser sublime sin interrupción. Realmente le repugna la idea de ser bombero. El adolescente lo que quiere es ser sublime de una vez por todas y para siempre, y en vano me buscaba yo, por los enormes y expresivos espejos de la habitación azul, un perfil de sublimidad que no tenía, porque unas veces veía en el espejo a un pardillo orlado de negro y oro, y otras veces veía un golfo, un mal estudiante, un pequeño empleado o un tísico lúbrico, pero nunca veía en el espejo a don Alfonso de Lamartine, don Alfredo de Musset, don Pierre Loti ni ninguno de aquellos románticos y posrománticos que leíamos mi primo y yo.

Estoy seguro de que a él le hubiera resultado fácil ver a Gustavo Adolfo Bécquer, porque lo frecuentaba, pero a mí me aburría Bécquer, como sigue aburriéndome, y me aburrían un poco, en el fondo, todos aquellos románticos recalentados que leíamos en traducciones poco estimables y colecciones de segunda mano que olían a periódico viejo y a violetas imperiales. Pero yo sabía que el crisol de mi personalidad, la clave de mi futuro, tenía que salir de allí, de la habitación azul con sillones hondos y bordados chinos, con sillas incoherentes y decorativas, con aparadores y armarios que eran como altares sombríos a los muertos de la familia. Y buscaba en los libros, en los espejos y en mis propios escritos. Los libros eran pocos, pero para mí eran todos los libros, y sólo muchos años más tarde he vuelto a saber que, efectivamente, eran todos los libros, porque lo que lee uno después de la adolescencia es ya siempre repetición de lo leído (se lee siempre el mismo libro, como se escribe el mismo libro; el que uno quiere leer y escribir, nuestro libro) y porque no hay manera de que un libro leído más tarde pueda poseernos como nos poseyó aquél, como nos poseyeron aquéllos.

En estas cosas iba cayendo la tarde, se iba desanimando el crepúsculo, entre las tarantelas melancólicas del laúd de mi primo, los versos modernistas que me habían caído en las manos, los pianos del vecindario, las radios de las cocinas, los coros de modistas y los gritos de los chicos allá abajo, en la plazuela. Lo que quedaba de toda una tarde de sublimidad y sueño en la habitación azul, con resoles en el balcón y láminas antiguas, era la cantinela de un anuncio de la radio, que me envilecía hasta la hora de la cena.
¿Cómo ser sublime sin interrupción?)

ERA la edad de leer a los poetas orientales, cuanto más orientales mejor. Yo leía por entonces a Omar Khayam, y Omar Khayam decía: "En ti mismo están cielo e infierno". En mí mismo estaban cielo e infierno, o, cuando menos, dentro de mi misma casa.

Porque todo tiende —la ciudad, el hogar, el hombre— a reproducir esa estructura dual y antagónica que en los libros chinos de mi primo se llamaba el *ying* y el *yang*, de modo que al otro extremo de la casa, y como contraposición a la habitación azul, estaba el retrete, el cuarto horrible de las defecaciones y las masturbaciones. Entre el retrete y la habitación azul, entre la sublimidad y la necesidad, todo el resto de la casa, habitaciones grandes con muy pocos muebles, habitaciones pequeñas reventonas de muebles, pasillos largos y sin gente, pasillos cortos y superpoblados, toda la acumulación de viejas, viejos, parientes, padres, madres, tías, niños, visitas, recaderos y monjas que es un hogar. De modo que yo era la sombra errante y solitaria que oscilaba entre la habitación azul y el retrete, entre el cuarto exento y sublime de las lecturas y las músicas, y el cuarto vertical y oloriento de la masturbación y el desnudo.

El bien y el mal, el *ying* y el *yang*, el cielo y el infierno. Dentro del retrete, coronado por la luz de un alto ventano —luz de patios vivos y recortes de cielo— yo me enfrentaba, sentado en la taza, con aquellas paredes que tenían una lepra amarilla, una enfermedad húmeda, un mal secreto y eterno. Y bastaba la aldabilla de la puerta para sentirse aislado de todo, caído en el infierno del Dante (yo leía el *Infierno* del Dante por entonces, yo lo leía todo por entonces). El retrete, con

17

su miseria cobriza, sus orinales llagados, sus periódicos viejos y su olor de patio y cloaca, era el mal, la evidencia de que el infierno existe, está en alguna parte. El retrete sólo podía ser el reflejo de un ámbito mucho más grande y más atroz. Una sala del infierno perdida entre las salas de nuestra casa.

El retrete era el cuarto de pecar. A temporadas me parecía mi infierno personal, exclusivo y secreto, mi condenación y mi cárcel, el sitio adonde venían a frustrarse todos mis sueños de sublimidad. Pero en ratos de mayor lucidez, de mejor reflexión, yo comprendía que el retrete era de todos, lo usaban todos, de modo que, más que un infierno, era como un purgatorio en el que iban entrando y saliendo las ánimas de una en una y en cueros. El ánima gorda y cantarina de las tías, el ánima melancólica y silenciosa del primo, el ánima ruda y meona de los clérigos, el ánima pequeña y egoísta de los viejos.

El purgatorio, mejor que en el cuadro con llamas que había a la cabecera de mi cama, estaba allí, en aquel cuarto, sólo que no era un purgatorio colectivo —lo cual ya le habría dado cierta amenidad—, sino que era un purgatorio unipersonal, y en esto estaba su maldad, su perversidad y su castigo. Porque el retrete no tenía espejos, no tenía espejo, lo cual ya era absolutamente diabólico, pues sólo el espejo puede ayudarle a uno a encontrarse a sí mismo en ciertos momentos, cuando la propia cara es una salvación. Pero en una habitación cerrada y sin espejos, semidesnudo, uno en seguida se siente entre diablo y minotauro, entre centauro y ánima del purgatorio.

Era enloquecedor estar dentro del retrete, pero había

que estar, porque estar dentro era la única manera de no estar fuera. Y había momentos de la casa y de la familia en los que lo que no se podía era estar fuera. Porque la habitación azul tampoco estaba siempre disponible, como no lo están siempre los fumaderos de opio ni los mismos cielos. En la habitación azul había días de tormenta, como en el cielo, días de limpieza general, de mucho visiteo o de broncas familiares, reuniones de parientes, comidas extraordinarias o velatorio a alguno de los viejos de la casa, que se iban muriendo alternadamente con los jóvenes.

De modo que el adolescente masturbador e idealista llegaba a enloquecer dentro del retrete, y lo malo era cuando, hastiado de su propia carne, tenía que seguir soportándola, sin poder salir a hundirse en un libro para ser puro, intelectual, puramente mental. Más tarde, con los años, el adolescente comprendería que todo lo que se vive con las mujeres, con una mujer, se ha vivido primero con uno mismo, con el propio cuerpo, y que la relación con la carne de otra persona no es distinta de la relación con la propia carne.

Así, la exaltación anterior a la masturbación (la masturbación es efectivamente diabólica, pero no por lo que dicen los curas, sino porque supone un desdoblamiento, un desearse a sí mismo, lo más monstruoso y alucinante del ser) se desvanece después y queda el hastío de la propia carne, que quisiéramos ignorar como ignoramos la carne de una mujer ya poseída, carne que poco antes era sagrada y celeste. "Celeste", como decían los poetas modernistas que yo leía en la habitación azul. La insinuación, el deseo, la progresión erótica, el hastío, la depresión, todo eso lo vive el

19

adolescente en su cuerpo, como reflejo que le viene del futuro, de lo que luego va a sentir con las mujeres, de modo que cuando esas mujeres llegan, todo le parece ya vivido anteriormente, aunque sea la primera vez. La masturbación, pues, era la otra vida, una vida anterior y platónica en la que vivíamos, dentro del retrete (que venía a ser la caverna de Platón) todo lo que luego íbamos a volver a vivir de verdad en la vida.

En la masturbación, al adolescente le nacía en su carne, le florecía en su cuerpo una mujer que deseaba su virilidad, y por eso el adolescente más tarde, hombre ya, adulto, maduro, comprende bien el deseo de las mujeres por él, recuerda ese deseo, lo ha sentido en sí, y la necesidad de sentirse deseado por una mujer quizá sea la necesidad de volver a sentirse amado por uno mismo, cuando uno mismo ya no se ama nada, a través de otra persona.

O sea, que el adolescente era un Narciso. Eso estaba claro y yo lo sabía, por lo poco que había leído, pero hay un narcisismo inverso que consiste en odiarse con furia, con desesperación, con rabia, como yo me odiaba después de la masturbación, o los domingos por la tarde, sin motivo. El sitio de las grandes pasiones desencadenadas, pues, era el retrete, el sitio de amarse y odiarse uno a sí mismo, porque el adolescente sólo se tiene a sí mismo, y esto es lo desesperante, lo enloquecedor de la adolescencia.

La adolescencia era, sobre todo, una incomunicación. Una incomunicación que se hacía más real allí, dentro del retrete, entre olores de cisterna y músicas de patio. Pero uno salía del retrete y seguía estando dentro del retrete, llevaba el retrete consigo, a días. Quiero decir que yo, entre la gente, en el paseo, en familia, me seguía sintiendo preso dentro de un rectángulo de paredes costrosas y olores insoportables, incomunicado de los demás y de mí mismo. Era una tortura, una angustia y un ahogo llevar el retrete en torno, pero había días —qué se le iba a hacer— en que yo llevaba conmigo el retrete y no conseguía romperlo, salir de él. Los poetas hablan de crisálida, cuando se refieren a la adolescencia. Yo prefiero hablar de retrete.

Me pasé años, muchos años, dentro de un retrete.

Claro que también había días sin retrete, días en que me sentía comunicado con el mundo, tocado por todas las distancias, perseguido por todos los perfumes, pero esta exaltación del cuerpo y de la naturaleza no era sino un volver a empezar el proceso que conducía al retrete. Como única liberación, se podía probar a masturbarse en el campo, entre la hierba, en el río, a la orilla o en una barca, en el parque, y entonces lo que sobrevenía no era una clausura, sino como un asordamiento, un zumbido de todo el planeta en torno, un mosconeo de la naturaleza, un aturdimiento. Qué pequeño mi pecado, qué pequeño mi cuerpo al aire libre, bajo aquellos cielos múltiples que nunca han vuelto a ser tan múltiples. La mejor manera de borrarlo todo era meterse en el agua del río o de la acequia, desnudo, y estar allí hasta que el frío de la corriente me apretaba en el estómago. Salía uno del agua purificado, como los hindúes que

21

yo había contemplado en los grandes reportajes de las grandes revistas, cuando entran y salen del río Ganges.

El río y la acequia tenían un agua terrosa, sucia, marrón, embarrada, y esto contribuía a la sensación de Ganges purificador. Porque la otra purificación, la de la iglesia y la confesión, ya había descubierto yo que era también más física que espiritual. Llegaba uno a la iglesia con las orejas rojas de pecado, por la aceleración de la sangre de la masturbación, con los ojos encendidos de culpa, y el frescor de la capilla, su oscuridad, su silencio, eran ya un sedante sólo enturbiado por el bisbiseo de las viejas, de los curas y de los sacristanes. En las aguas oscuras de la iglesia había que bañarse con unas cuantas viejas que habían ido también a confesarse, mientras que en las aguas de la acequia se bañaba uno solo, rodeado de mujeres tersas e imaginarias, esas mujeres únicas que entreví uno ya sin deseo, y que son las más frescas, claras y puras.

Eran las ninfas de la acequia. (Todavía no había llegado el momento de acudir a la acequia con ninfas y musas de carne y hueso.)

El adolescente dejaba de creer, no sólo porque descubría que la purificación física era mejor que la de la iglesia, sino porque descubría que la purificación de la iglesia también era física, psicológica como mucho: una penumbra, un frescor, una media voz pausada, un silencio. El beso breve del agua bendita en la frente me descubrió el camino. Era meter la cabeza entera

22

en el agua bendita de la gran pila románica lo que de verdad me apetecía.

Comprendí que toda el agua era bendita, comprendí que el agua es bendita, el elemento más puro y lírico de cuantos acompañan y reflejan al hombre en la tierra, y me fui directamente al agua. Cambié el agua estancada y antigua de la iglesia por el agua real y terrosa de la acequia, que arrastraba fondos, subsuelos, frescas corrientes de tierra entre sus frescas corrientes de agua. Y aquella tierra me lavaba como un asperón glorioso, a la hora del atardecer, cuando la acequia de sol se iba trocando en acequia de luna, cuando los álamos, chopos y cipreses que la bordeaban, iban teniendo ya la penumbra y la perspectiva de las viejas láminas renacentistas de mi primo o de los nuevos —novísimos para mí— poetas modernistas y posmodernistas que habían escrito renglones de luz a comienzos del siglo.

De este modo, el misticismo se iba trocando en lirismo y el devoto se iba trocando poeta. Yo asistía lúcidamente a este proceso y me parecía tan trascendente que no acababa de creérmelo. De modo que salía de la acequia, daba unas carreras, desnudo por el campo, me vestía (la ropa estaba cálida del último sol) y caminaba con la luna a la espalda, como un fardo ligero, hasta salir a la carretera y parar el autobús de regreso a la ciudad.

Eran las tardes en que uno iba realmente madurando, creciendo, y además lo sentía. Pero eran las menos.

ASÍ pues, si yo iba a ser poeta, lo mejor era ir al encuentro de la poesía, y en tardes neblinosas, en anocheceres densos de soledad, atrozmente invernales, me encaminaba yo hacia el barrio universitario, cruzaba plazas de plateresco, con escudos de piedra y faroles retrospectivos, todo deteriorado por un vaho de frío, todo envejecido por unas aguas secas y nocturnas.

La cultura, pues, la poesía, iba a tener ese carácter nocturno e invernizo, aunque tardaría yo algunos años en leer el verso del poeta ruso:

Cuando el farol calvo le quita las medias a la noche.

Un farol iluminando una urna doctoral, un escudo de piedra, una triste luz municipal esclareciendo la gloria perdida de un retablo plateresco, eran todo el milagro de la cultura, su epifanía sorda, en aquellos anocheceres en que el niño solitario, el adolescente a la busca de su propio perfil, paseaba los barrios universitarios de la pequeña ciudad.

Yo no sabía que Trotsky había muerto de hachazo estaliniano, dejando su sangre revolucionaria sobre la ilustre arcilla de Méjico, y que antes de eso había escrito contra el fondo bohemio y burgués que hay en todo el arte, incluso en el que se cree subversivo, yo no sabía casi nada, en aquellos crepúsculos morados y negros de niebla y silencio, pero intuía que la cultura era un mundo aparte, una salvación, un ámbito más pacífico, menos sangriento y menos apremiante que la vida.

Quizás aquello era una huida. Quizás entonces empezaba yo a huir, y en lugar de tomar el camino que llevaba a los billares con dinero y violencia, o el camino que llevaba a las meretrices con vino y enfermedades, tomaba el camino tranquilo e inocuo de la cultura, e iba buscando aquel Círculo Académico donde se reunían los justos de la ciudad, los que profesaban, como quería profesar yo, la sosegada y cobarde religión de la cultura (que efectivamente, como leería mucho más tarde, era una religión: porque lo más importante que suele encontrar el adulto en los libros es la confirmación de sus intuiciones adolescentes). Pasaban silenciosos obreros en silenciosas bicicletas, con la luz pequeña del farol como una lamparilla ambulante de la pobreza. Pasaban lecheros triunfales en sus carros ruidosos, con caballos piafantes, y se perdían en seguida en el laberinto de las calles. Pasaban viejas, reducidas a su sombra, que iban quedando abrasadas, como mariposas de luto, en las luces de los ultramarinos, y pasaban curas o monjas repartiendo noche con el vuelo de sus hábitos.

Las plazas tenían una anchura distinta en la noche. No es que fuesen ni que pareciesen más grandes que de día, sino que entraban en otra dimensión del espacio y del tiempo, y la ciudad diurna, tan municipal y cotidiana, tan laboral y castrense, se me tornaba, a aquella hora, una ciudad distinta, más culta y apacible, más antigua y vivible, hasta llegar a esplanadas hermosas donde el aire era todavía azul, con un horizonte de colegios e iglesias, una geometría de faroles ilustrados y un jardín pequeño, espacioso, pulido y húmedo de niebla. Era ya un placer entrar en aquellos palacios abiertos a la cultura, en aquellas arcadas docentes que tenían para mí el prestigio de la sabiduría, pisar losas de siglos, siglos como losas, estar, no en el infierno del retrete ni en el paraíso azul y falso de la habitación azul, sino en el reino real del verso y el verbo, del libro y el arte.

La cultura es el mundo donde los patios se llaman claustros. Yo pasaba del patio de la vida al claustro de la cultura. Yo cruzaba patios góticos, escurialenses, platerescos, rococó, patios románticos con yedra, patios militares con soportales, patios nobles con pozos, fuentes y arbustos, y aquella sucesión de patios era ya para mí como la sucesión de los libros, de las épocas históricas, de los ciclos culturales. Era como pasar de los egipcios a los griegos, o de los griegos a los caldeos, o de los barrocos a los románticos, o de los clásicos a los ilustrados. El cruzar los patios de aquel palacio era para mí como cruzar los ámbitos sucesivos y gratos de la cultura, porque todavía me imaginaba el Renacimiento como un jardín, el Clasicismo como una estatua, el Romanticismo como una enredadera.

Era la necesidad de simplificación e imágenes concretas que tiene el que empieza a adentrarse en los bosques confusos del saber, y que cree, por otra parte, que el Renacimiento es una metáfora y el Romanticismo otra, porque ignora toda la letra menuda, con muchas fechas, que hace de esas épocas, no paraísos perdidos o jardines perfumados, sino enredos humanos tan tediosos como las guerras o las dinastías. Atravesaba yo, pues, las edades geológicas acumuladas y superpuestas en aquel palacio de incontables revocos, atravesaba las capas culturales sucesivas, los patios, los claustros, cada uno con su aire, con su clima, con su olor, y llegaba a una estancia antigua, abodegada y noble, fría, muy fría, toda de maderas oscuras con restauraciones de otra madera más clara, parches lamentables que procuraba ignorar, en mi necesidad de situaciones perfectas y absolutos culturales.

El contacto de aquella puerta claveteada y trabajada, la castidad de aquellas maderas pulidas por el saber, la hondura de aquella pieza no muy grande, con un olor vago a juzgado y a convento, me proporcionaban un conocimiento táctil, olfativo y plástico de la literatura, de la poesía (que siempre han seguido siendo para mí menesteres sensuales). Los del Círculo Académico se reunían una vez por semana, creo que era los miércoles, bajo la advocación de algún poeta perdido (preferentemente local) del Siglo de Oro, y bajo el patrocinio no mucho más directo ni cercano en el tiempo de algún vago académico (necesariamente local) que quizá les había escrito unas letras temblorosas para estimularles en el cultivo del Arte, la Retórica, la Lírica y otras cuantas mayúsculas que, efectivamente, deben ser cultivadas con asiduidad, como plantas, para que no se sequen y se queden en minúsculas. De modo que todo aquello tenía un tono academizable, correcto, intemporal y polvoriento.

Los circulistas eran una dama elegante, madura, con mechón de canas en el pelo impreciso, un joven impetuoso, de cabeza clásica (de un clasicismo de gimnasio), otro joven de rostro orientaloide, alto, tuberculoso, vestido de marrón protocolario, que sonreía mucho y sin duda brindaba todas sus actuaciones en verso y prosa a las damas circunstantes, otro joven, aún, de modales rudos, pelo fosco, voz poco académica y escasa estatura, que pudiera ser "el turbión de vida" entre todos aquellos exquisitos y decadentes, y así se lo decían:

—Usted, Muñoz, es que es un turbión de vida.

A mí me gustaba que aquella gente hablase de una manera tan literaria, pero al mismo tiempo me divertía. Estaban, también, el músico alto, delgado y lorquiano, el orador joven, de melena y miopía, y el poeta místico, el de los sonetos impecables y dieciochescos, que era un estudiante bajito, eterno opositor a algo, con gafas de fraile pícaro y sonrisa de beato que nunca será beatificado.

En torno, todo un coro pálido y enlutado de poetisas ni jóvenes ni viejas, multicolores y funerarias al mismo tiempo, que reían, suspiraban, jadeaban en las lecturas masculinas y se abanicaban mucho en las lecturas femeninas, como para suprimir o ahuyentar a golpes de abanico todo aquel sentimentalismo de la competencia, que era el suyo propio. El llamado público éramos media docena de estudiantes, chicos y chicas, cuatro monjas jóvenes y un señor entrecano que a lo mejor era de la policía, aunque yo ni lo sospechaba.

Las sesiones transcurrían suavemente, discretamente, y los de los estrados del público acudíamos a aquello como a un sarao en el que no teníamos ningún derecho de participar, como a una gala vista en sueños, lejana, en la que ellos y ellas decían versos, prosas, cambiaban impresiones, sonreían, se galanteaban, y pasaban del guiño cómplice de las pausas a la solemnidad auditiva de los recitados. Yo, atento a la estética del acto, a sus leyes rotatorias, a la desenvoltura de los jóvenes escritores —en quienes ya me veía— y al poder declamatorio de las poetisas, la verdad es que no me enteraba apenas de lo que decían aquellos sonetos en los que siempre salían Dios y la novia, y quizás me enteraba un poco mejor de los discursos del orador de la melena, la miopía y los dientes apretados, lo que me hacía pensar si estaría yo mejor dotado para la prosa que para el verso, o si bien es que estaba absolutamente incapacitado para el lirismo, para las ideas, para la literatura y para vestir elegantemente de marrón, como aquel muchacho poco mayor que yo.

Me gustaban aquellas sesiones, a pesar de todo, a pesar de que no me enteraba de nada, y me gustaban porque eran la constatación de que había un mundo secreto, una secta pacífica, un mercado amable, en el mundo, que era el de la literatura, y en el cual yo quería vivir por los siglos de los siglos, nocturnamente, sin contacto con los comerciantes de la mañana, los políticos del periódico ni los parientes de la familia. Me gustaba la clandestinidad inocente de todo aquello. Pensaba que bastaba con esta constatación, y que las ideas quedarían para más tarde, pues si bien no había entendido nada de momento, tampoco iba allí a entender, a aprender, sino a ver la literatura en vivo, a ver vivir a aquellos escritores, aunque fuesen aficionados, pues tampoco aspiraba yo a otra cosa que a escritor aficionado, ya que la profesionalidad, toda profesionalidad, siquiera fuese la profesionalidad

29

literaria, me daba miedo. La adolescencia, la juventud, siempre siente horror de profesionalizarse. Un horror irracional y repetido que quizá no sea sino la resistencia a pactar con el tiempo, a comprometerse con la muerte. En los reinos del amateurismo se vive como más impunemente y, en esa impunidad, parece que el tiempo y la muerte casi perdonan.

Así y todo, salía yo de aquellas reuniones lleno de palabras y de dudas, repitiéndome en la cabeza algún verso que se me había quedado y todavía puedo recordar, "tanta soledad me inclina a abandonarme en el viento, pétalos de rosa muerta tengo arrojados a cientos". La embriaguez de las palabras se confundía en mí con las dudas sobre la propia vocación y las propias capacidades. Tanta soledad me inclina a abandonarme en el viento, pétalos de rosa muerta tengo arrojados a cientos. ¿Era aquello bueno o malo? Lo había recitado, dentro de un poema breve, un poeta de pelo negro peinado hacia atrás, muy brillante, y que le quedaba tieso sobre la nuca, haciéndole como una graciosa cola de pato. También su nariz tenía algo respingón, excesivo y descarado, como los picos de los patos. Era, pues, el poeta, como un pequeño Cyrano sonriente. Tanta soledad me inclina a abandonarme en el viento... ¿Era aquello bueno o malo? Todavía hoy no lo sé.

En todo caso, sonaba, a mí me había sonado, y yo también sentía que tanta soledad me inclinaba a abandonarme en el viento. ¿Y aquel derroche lírico del verso siguiente, que llenaba el mundo y mi vida de una lluvia floral y funeral? Pétalos de rosa muerta tengo arrojados a cientos.

Y me lo repetía a mí mismo una y otra vez y llegaba a creer que los versos eran míos.

De vuelta a casa, ya muy tarde, solo, tenía momentos de exaltación, por las calles negras, en que me sentía hundido en plena orgía literaria, pero a medida que me iba aproximando al hogar todo se desvanecía, y yo caía en la duda, el miedo, la desesperanza, el cansancio, y me veía condenado por siempre a asistir a la gloria de los otros y sólo eso. Cenaba sin gana y me acostaba llorando.

CUANDO me creía preso para siempre en los alcázares de la cultura, vino a liberarme Miguel San Julián, con su nombre de arcángel.

Miguel San Julián iba también a la acequia a bañarse, en el verano, en la primavera, en el otoño, con un grupo de chicos entre los que había un panadero, un francesito y un hijo de un herrador, herrador él también en el futuro inmediato. Me estuvieron explicando entre todos que por aquella parte la acequia era más peligrosa, porque los campesinos habían encontrado serpientes, y además las pozas eran más hondas y embarradas, de modo que uno se hundía en el limo, en el légamo, y, desde entonces, siempre que leía en los libros (sobre todo en los libros religiosos, que aún frecuentaba) las alusiones al légamo infernal del pecado, me recorría un estremecimiento delicioso, una viscosidad no del todo repugnante, que era la de las profundidades de la acequia, frescas y arcillosas.

Me bañé con aquel grupo —casi todos estaban en calzoncillos, porque no tenían bañadores—, y luego Miguel San Julián y yo nos tumbamos en la hierba seca de las márgenes de la acequia, al sol.

—Pues mi hermano mayor se baña ya con la novia —dijo él de pronto.

Esta frase me bastó para reconocer en Miguel San Julián a uno de los míos, a un obseso en secreto de la mujer. Efectivamente, a partir de aquel momento empezamos a hablar de chicas, de mujeres, de las más famosas y bellas mujeres de la ciudad, y de los amores respectivos, secretos, blancos, platónicos y, en resumen, inexistentes, pues lo que nos comunicamos, más que otra cosa, fue, fueron nuestras respectivas carencias, nuestras respectivas inexperiencias. Nos vestimos y volvimos juntos en el autobús, hacia la ciudad.

Miguel San Julián era alto, igual de alto que yo, lo cual me hacía verle más alto que yo, pues estaba acostumbrado a mirar desde arriba a los chicos de mi edad. Miguel San Julián tenía el pelo rubio, pajizo, peinado hacia atrás, tirante, como los hombres, y el perfil de los galanes adolescentes y pecosos de las películas americanas, y usaba unos pantalones recogidos en bolsa cerca del tobillo, que todavía eran muy elegantes, aunque yo adiviné en seguida que Miguel San Julián era un falso elegante, pues vivía en la zona ferroviaria de la ciudad y su familia debía ser de ferroviarios. Pero esto me le hizo más simpático.

Hablamos todo el tiempo de mujeres, de bailes, de novias, febriles por comunicarnos nuestro común y secreto ardor por la hembra, como dos que se descubren filatélicos, numismáticos o drogadictos. Fue el primer hombre con el que pude hablar a gusto de mujeres. La primera persona con quien pude hablar de esto. Con mi primo, imposible. Su amor era una cosa cerrada, perfecta, lograda, completa, un amor epistolar con novias lejanas, sentimentales y lluviosas. Su amor se traducía en el laúd, las fotos que le enviaba ella por correo y las largas cartas que se cruzaban, ella con su letra picuda de niña bien, él con su letra redonda de estudiante aplicado.

A todos los hombres nos gustan las mujeres, pero hay una raza especial y masónica de obsesos, de devotos, de profesionales, digamos, y yo llegaría a leer en una novela galante de antes de la guerra, por entonces, que "la mujer es un sacerdocio", frase que me estremeció, pues ya estaba más o menos decidido yo a dedicar mi vida a aquel sacerdocio (con olvido temporal del sacerdocio literario y con rechazo previo del sacerdocio religioso a que quería dedicarme mi madre). Ocurre, pues, que cuando dos fervorosos de la mujer, dos apasionados, dos obsesos, dos profesionales, por decirlo de alguna forma, y aunque fuésemos sólo profesionales en ciernes, por entonces, se encuentran y se reconocen, es como si se hubieran reconocido dos alcohólicos o dos pederastas. Se establece una comunicación profunda, una amistad distinta, una identificación, y luego tendría yo en la vida esos encuentros alguna otra vez con mi doble erótico, pero el primero fue Miguel San Julián, al que, sólo por eso, ya no podría olvidar nunca.

Miguel San Julián no leía libros ni tenía inquietudes literarias ni sabía lo que era eso. Estudiaba en una escuela de maestría industrial o cosa así, para ser un obrero especializado, por encima de los oscuros escalafones ferroviarios en que se había movido su padre, y nada más. En él descubrí yo, asimismo, al ser natural, al chico-chico, sin traumas sentimentales, literarios ni de identidad. Porque incluso su obsesión por la mujer era una cosa que llevaba con naturalidad, remitiéndose siempre a la anécdota y a la esperanza, sin frustraciones ni visiones. Leía tebeos —que yo había abandonado hacía tiempo, y éramos de la misma edad—, jugaba al fútbol, hacía su trabajo y sus estudios, y se bañaba en la acequia en el buen tiempo, con los otros chicos, con el herrero, el panadero y el francesito, esperando tener edad suficiente para bañarse con la novia, como su hermano mayor, cosa

muy mal vista en la ciudad y que sólo hacían algunos
obreros desvergonzados y algunas señoritas que luego tenían que emigrar al anónimo de Madrid.

Los domingos y días de fiesta, Miguel San Julián se
ponía su pantalón abolsado, con una chaqueta a juego, aunque un poco remendada, se peinaba mucho
su pelo pajizo, alegre, y se echaba a las calles a mirar a
las mujeres, a hablar con las chicas, a olerlas, a buscar
lo que no sabía cómo encontrar en la mujer, pues ni
él ni yo ni casi nadie teníamos la clave de qué era una
mujer ni de cómo se llegaba a ella.

Los domingos por la mañana, Miguel San Julián y yo
nos encontrábamos en el paseo de la calle principal.
Se veía en seguida, entre las cabezas, su cabeza clara,
de un oro demasiado basto, de una paja aldeana que,
sin embargo, tenía momentos anglosajones.

Quizás yo iba mejor vestido que Miguel San Julián, o
peor, pero en todo caso le admiraba un poco por su
seguridad, porque era de una pieza, alegre y decidido, elemental y claro, y envidiaba su transparencia,
sin fondos literarios, sin claroscuros espirituales, de
modo que decidí exagerar mi propio fervor por la
vida, forzarlo, diciéndome que era más importante
perseguir chicas por la calle que escuchar los sonetos
del opositor o los discursos del orador o los suspiros
de las poetisas. Paseábamos toda la mañana por
aquella calle, entre las gentes del domingo, mirábamos a las chicas, nos enterábamos milagrosamente de
sus nombres, vivíamos la fiesta hasta el fondo, per-
suadidos de festividad, llenos de un ardor dominical y
soleado, hasta que las familias, las parejas, los racimos de muchachas se iban deshilachando, desflecan-

do, desvaneciendo, y finalmente éramos los últimos en el paseo, paseantes entre restos de sol, de amistad, de perfume, cuando la prensa caliente de Madrid estaba ya en todas las manos y su olor tipográfico me devolvía a mí, lejanamente, a mi mundo literario. La mañana del domingo nos había dejado un poco vacíos, frustrados, perdidos, aunque yo no veía esto en los ojos azules y claros de Miguel San Julián, sino una luz ligera que no había perdido brillo. Aún nos quedaba la tarde.

Por la tarde, Miguel San Julián iba con su padre al fútbol, pues era una especie de rito en aquella barriada ferroviaria en que vivían el que el padre iniciase al hijo en las ceremonias varoniles y festivas, como el fútbol, el vino o las grandes meriendas de hombres solos, con partida de dominó o de cartas. Yo me quedaba en casa, en la habitación azul, al otro extremo de la ventana donde mi primo tocaba el laúd durante todo el domingo (tarantelas, boleros, canciones hispanoamericanas, pasos de rondalla), leyendo el periódico de Madrid que había comprado por la mañana, o leyendo un libro, pues mi fervor por la vida, a remolque del vitalismo de Miguel San Julián, no llegaba a arrastrarme al fútbol ni a hacerme olvidar del todo la lectura. El periódico de Madrid, cualquier periódico, era una fiesta para mí, con sus fotos de famosos y famosas, su acercamiento a los grandes escritores, sus firmas ya conocidas y archivadas en mi cultura literaria, y lo leía todo, desde los editoriales políticos hasta los reportajes deportivos, buscando una chispa de literatura, una frase, un adjetivo, una palabra nueva, mejor, distinta.

Los artículos estrictamente literarios los leía varias veces. Era un lector incondicional que siempre estaba de acuerdo con todo y con todos. No tenía sentido crítico, o prescindía de él momentáneamente, y aún creo que debe ser así en el lector joven, pues la admiración enriquece mucho más que la reticencia, y sólo el que ha admirado mucho, el que lo ha admirado todo, lo bueno y lo malo, lo favorable y lo adverso, se encuentra más tarde en posesión de tesoros que ya irá depurando. El solo hecho de escribir en un periódico me parecía absolutamente mágico, como me lo sigue pareciendo, y no comprendía a algunos de aquellos genios del Círculo Académico que todo lo leían con reticencia y crítica, y que por lo tanto se estaban preparando para ser unos estreñidos literarios, unos descontentos, unos resentidos. A mí me valía todo.

Hacia media tarde, cuando había terminado el partido, yo me encontraba otra vez con Miguel San Julián en la calle principal, debajo de un marcador de fútbol que tenía ya, escritos con tiza, los resultados de los encuentros correspondientes a la categoría en que militaba el club local. Miguel San Julián me contaba algunas cosas del partido y en seguida nos poníamos a perseguir chicas, paseábamos tras ellas y les decíamos cosas, y yo advertía que mis palabras eran siempre más complicadas, más literarias, menos espontáneas que las de Miguel San Julián, porque yo, al fin y al cabo, estaba representando una comedia real, la comedia de mi vitalismo, auténtico, pero falsificado por la sola mirada de mi otro yo, mientras que Miguel San Julián, siempre de una pieza, decía las cosas con el alma, cosas elementales y directas, o tópicas y vulgares, que a mí incluso me avergonzaban un poco, a veces, pero que encontraban más eco y más risa entre las chicas.

Hasta que teníamos a dos paseantas entre nosotros, dos chicas olorosas a colonia y a domingo, olorosas a pipas, a cacahuetes o a cine, olorosas a chica, sobre todo, y que iban muy cogidas del brazo y nos escuchaban con una burla popular en los ojos y en la boca, o hablaban entre ellas, o, por fin, se reían ruidosamente, claramente, para aliviar, sin duda, la tensión del momento, el embarazo de aquella situación, la emoción de habernos conocido los cuatro de pronto. Si la conversación no iba bien, probábamos, en una vuelta del paseo, a cambiarnos de lado, a cambiarnos de chica, y en esto los ojos claros de Miguel San Julián funcionaban a la perfección, con miradas que eran señales precisas.

Las acompañábamos, luego, a sus barrios lejanos, paseando, y la gran victoria era desparejarlas —cosa nada fácil—, conseguir que soltasen los eslabones dorados de sus brazos y se viniera cada una con uno de nosotros, hasta su portal oscuro, donde todo terminaba con un amago de beso y la carrera alocada de la muchacha escalera arriba. Pero lo más frecuente era que nos quedásemos solos en un barrio lejano, Miguel San Julián y yo, comentando el encuentro con las chicas, hasta que las íbamos olvidando poco a poco y se iba borrando de nosotros el perfume sencillo y fascinante de sus cuerpos. Entonces, Miguel San Julián se consolaba recordando el partido de por la tarde, la victoria de su equipo, o cantaba canciones mejicanas, y yo asistía en silencio a la vida de aquel ser sin fisuras, sin desfallecimientos, que podía ser otro modelo para mi propia vida (tan distinto de los poetas del Círculo Académico, pero acaso más válido), porque todo eran modelos a imitar, por entonces, desde el escritor famoso hasta el amigo de la acequia. Nos despedíamos hasta otro domingo y regresaba yo a casa, solo, tarde ya para cenar, por barrios lejanos, desconocidos y llenos de luna, entre tapias, traseras, campos y huertos. El ladrido de un perro o el silbido de un tren, en la lejanía, me daban como la medida de mi soledad.

ESTABA yo en el sótano de la gran oficina, en lo profundo del inmueble, al final de corredores, cajas fuertes y huecos negros de las calderas de la calefacción. Estaba haciendo fuerza en la copiadora, que era una máquina como los tórculos de las antiguas imprentas, con una plancha de hierro, negra, que subía y bajaba horizontalmente, movida por dos brazos también de hierro negro, con sendas bolas doradas y macizas, que eran las que yo empuñaba con mis puños quebradizos y blancos, para apretar. Y me sentía yo, manejando aquella máquina manual, como los aprendices artesanos que aparecían en los viejos grabados de la noche gremial de la historia, aquellos grabados que gustaban de reproducir los del Círculo Académico en sus invitaciones a los actos más importantes y públicos del año. Litografías con sombras de Gutenberg, aún, donde unos obreros casi medievales trabajaban en una imprenta negra, honda, y en primer término solía aparecer un doncel, inclinado sobre el tórculo, con una expresión seráfica que escondía en realidad —luego lo sabría yo— el trabajo excesivo, prematuro y cruel de los niños, los adolescentes y las mujeres en los albores del industrialismo, hasta las minas inglesas de carbón, durante doce o catorce horas diarias, mientras el judío alemán Carlos Marx, confinado en un hogar pobre de Londres, interrumpía su recitación de Shakespeare para escribir sobre todo aquello y tratar de encontrarle una explicación y una redención a tanto dolor.

Porque venía yo, como tantos muchachos, de largas genealogías burocráticas, de esas espesas familias españolas que se han pasado los sellos de caucho, los tampones y la heráldica del papel de barba como unos pergaminos y unos escudos nobiliarios, de generación en generación, y había respirado desde muy pequeño, en las oficinas del padre, de la madre, de los tíos, de las tías, el olor amargo y fresco de la tinta de tampón, su primavera morada y burocrática, y el tabaco triste de las oficinas, y había sentido que me adentraba, como el personaje de aquella gran obra, en los bosques de la burocracia, que venía hacia mí como un espesor de escalafones.

Mas ahora no era más que un aprendiz de todo aquello, y mi misión consistía en bajar a aquel sótano profundo, húmedo, frío y resonante, con el enorme libro de copiar cartas comerciales, previamente legalizado por el Juzgado, adonde yo mismo lo llevaba. Era un libro inmenso, con hojas de papel cebolla, donde yo debía meter cartas, cartones y paños húmedos, entre las páginas foliadas, prensándolo todo bien, durante un rato, en aquella prensa de bolas doradas, para luego obtener las cartas mercantiles, húmeda su tinta malva, despegándolas cuidadosamente de las hojas de papel cebolla, adonde habían quedado grabadas. Tan delicada operación nunca iba bien, ni mucho menos, pero había aquellos diez minutos en que yo, después del esfuerzo con la prensa, y mientras las cartas se copiaban, permanecía sentado en un escalón, a veces a la luz de una vela, siempre a la luz de una bombilla escasa y desnuda, sucia, sintiéndome aquel niño de los grabados antiguos, aquel aprendiz de la imprenta de Gutenberg, y me parecía que estaba preso en el empastado de las tintas y la noche y que nunca iba a saltar del grabado a la vida, del pasado al presente,

41

pues una de las grandes angustias del adolescente es la de su inactualidad.

O sensación de inactualidad, que venía a ser lo mismo. Había leído yo en el colegio el *Corazón* de Edmundo d'Amicis, y estaba leyendo a la sazón el *Jack* de Alfonso Daudet (cuyo realismo poético, cuyo romanticismo posterior y naturalista me nutría más que los romanticismos vagarosos de los poetas de mi primo), de modo que tenía una conciencia posromántica de niño desgraciado, de adolescente perdido, y esta vaga angustia literaria venía a hacerse plástica, y por plástica más dolorosa, con la visión de los frecuentes grabados gutenbergianos y su niño esforzado, nocturno y gremial. Por encima de mi cabeza, en aquella oficina enorme, estaban los pisos de empleados, despachos, ventanillas, negociados, público, ordenanzas, talonarios, talegas de dinero, cajas fuertes y mamparas turbias. Todo con un olor espeso y ácido de dinero muy contado, de billete muy ajado, de vieja máquina de escribir sobre la que de tarde en tarde moría un empleado escupiendo sangre.

Era el mundo que se me destinaba, y yo, en aquellos diez o quince minutos del sótano, tenía miedo y deseo de salir a las alturas, a la luz sucia de las claraboyas de las oficinas, tenía terror de ir ascendiendo en aquellas aguas, que sería ir muriendo (como mueren los peces en el mar, cayendo hacia arriba, hacia la superficie), tenía claustrofobia de tiempo, más que de espacio, en aquel sótano frío que me deshacía el vientre por dentro. Pero en el sótano me hundía, me defendía, me olvidaba, como el niño que se refugia en lo que le aterroriza, por no verlo, como el toro que huye hacia adelante, y escribía un poema por el revés de un impreso.

Mi situación laboral me hacía sentirme al mismo tiempo por encima y por debajo de Miguel San Julián, que no era ni iba a ser más que un obrero, pero yo no veía nada claro que un obrero fuese menos que un empleado, sino al contrario, y en realidad envidiaba su futuro luminoso y duro, entre máquinas brillantes, trabajando quizá al aire libre, terso y helado del invierno, bien revestido de jerseis, hablando de mujeres, de fútbol y del propio trabajo con sus compañeros de taller, sin problemas de clase ni angustias interiores, iluminado su pelo pajizo por el sol entero de las mañanas laborales. Y en aquella integración lenta y dolorosa en el mundo de la burocracia, donde yo no me veía, donde no veía sublimidad posible, donde se borraba y perdía mi imagen, mi perfil, tan pacientemente elaborado, quedaba detenido de vez en cuando, quedaba varado por la enfermedad, unos meses en la cama, quieto, pensando que iba a morir escupiendo sangre sobre la negra y férrea máquina de escribir, como los de allá arriba, y soñando más y más en liberarme de todo hacia un mundo de aire libre y ríos frescos que no había conocido nunca, y que no corrían, en realidad, sino por los sonetos que escuchaba a los poetas del Círculo Académico, o los poemas que leía en los viejos y deslumbrantes libros de la habitación azul. La literatura una vez más.

Aquellas etapas de enfermedad, aquellas épocas eran un remanso inesperado y soso de mi vida. Quizá la adolescencia sea un estatismo, una impaciencia, un sentir que no se mueve uno del sitio, que no cambia de postura —aunque realmente es la edad en que más se cambia, sin saberlo—, y esto quedaba corroborado por el forzado estatismo de la cama y la enfermedad, la febrícula, la inflamación ganglionar, la falta de apetito. Días quietos que se henchían como globos, en los que el mundo se llenaba de una luz neutra y grande, allí en mi alcoba, bajo el cuadro de las ánimas del purgatorio, con los ojos puestos en el sol de la ventana, y un libro de versos al lado, con estrofas claras y purificadoras, campo campo campo, entre los olivos los cortijos blancos. O aquello otro, más difícil de descifrar, pero más luminoso, al fin: "cima de la delicia, todo en el aire es pájaro, que alacridad de mozo en el espacio airoso, henchido de presencia. Hueste de esbeltas fuerzas. El mundo tiene cándida profundidad de espejo, las más claras distancias sueñan lo verdadero". Se partía el cielo para dejar ver un azul más puro, con aquellos versos. Todo en el aire es pájaro. El mundo tenía cándida profundidad de espejo, las más claras distancias soñaban lo verdadero, y esto me remitía a las tardes de la acequia, a los veranos de la acequia, solo o con la pandilla de Miguel San Julián (que nunca iba a verme cuando estaba enfermo), a un estío permanente (luego aprendería a decir "estación total") sin oficinas, prensas de bolas, retretes ni iglesias.

Aquel parón de la enfermedad, impuesto a la prodigiosa y desconocida velocidad de la adolescencia, producía en mí una acumulación de fuerzas, de imágenes, de capacidades receptivas, que me anegaba de perfumes, de luces, de visiones, y me veía a mí mismo en la cripta de sombra de la alcoba, desgraciado como los niños de D'Amicis y Alfonso Daudet, pero mirando por la ventana el globo inmenso, claro y caliente de la vida. Las ánimas del purgatorio me tenían preso en su cuadro, y un médico viejo, pequeño y tierno venía a verme de vez en cuando, llenándolo todo de ceniza y respiración, y era irónico que aquel fardo de muerte y alcohol estuviera dando la vida (en realidad no me daba ni podía darme nada) a un muchacho largo, blanco y lleno de proyectos.

Las enfermedades, ya digo, fueron distanciándome de Miguel San Julián, en cuyos no formulados programas vitales no debía entrar la enfermedad para nada, sin duda, puesto que nunca iba a verme, y, por otra parte, yo era el que, en los atardeceres, cursa asignaturas nocturnas, contabilidades, idiomas, artes y oficios, taquigrafías, todas esas cosas que estudia el que nunca va a ser nada en la vida, y las máquinas de escribir de las academias, desvencijadas como diligencias de las palabras, las usaba para redactar poemas en prosa, relatos, aventuras, mientras entre todo aquel saber inútil y nocturno, heterogéneo y atardecido, se me perdía más y más mi imagen, mi persona, mi perfil, mi deseo de sublimidad, mi necesidad de sentirme entero, neto, implacable y definitivo.

En todo esto soñaba mientras las cartas comerciales iban dejando su huella malva en el papel cebolla de los grandes libros judiciales, mediante el trámite antiguo y necio de los paños húmedos y la prensa, y estaba inmóvil, sentado en mi escalón, preso en el

45

grabado histórico, preso en la red caligráfica de las oficinas, preso en la enfermedad y el miedo.

Cuando me ponía en pie ya se me había enfriado y deshecho el vientre, y la prensa tenía un gemido de hierro cuando yo daba vueltas a los brazos de bolas para sacar el libro. Esto días y días, tiempo y tiempo, y a veces me bajaba un libro conmigo, en el bolsillo, un libro de la habitación azul, o un libro golfo comprado a la puerta de los mercados, en los tenderetes ambulantes, para leer mientras se hacía la labor simple de la prensa.

Sentía que estaba viviendo una vida equivocada, que yo no iba a ser el que era, que no me correspondía morir sobre uno de los proboscidios libros de contabilidad que manejaban allá arriba, ni vivir entre el aroma de violetas falsas de los tampones, pero mi envidia por la vida futura y segura de Miguel San Julián tampoco me parecía real: era una cosa literaria, ya que yo nunca aprendería un oficio manual ni manejaría con precisión una lima, hermosa como una espada, para modelar los perfiles absolutos de las grandes máquinas. Mas llegaba a soñar intensamente aquello y, en tanto, seguía siendo el niño antiguo, pálido y nocturno de los grabados del nacimiento de la imprenta, un niño de Edmundo d'Amicis o Alfonso Daudet en poder de un ogro industrial con cara de Gutenberg.

PERO la vida no sólo me deparaba modelos, sino que me forjaba dobles, y me los ponía delante: así, el caso de Cristo-Teodorito, aquel niño que era como mi hermano falso (yo no tenía hermanos) y que las vecindonas del barrio confundían conmigo.

Cristo-Teodorito era, no sólo un modelo a imitar, sino la realización ideal de mí mismo fuera de mí, un chico que se me parecía físicamente, pero en más bello, y que además era un estudiante ejemplar, un camarada correcto, un hijo modelo de una familia cristiana. Los padres de Cristo-Teodorito (que vivía dos puertas más allá de la mía) eran un matrimonio feliz, o que hacían denodados y resignados esfuerzos de clase media por parecerlo. El padre de Cristo-Teodorito, irreprochable funcionario municipal, era un señor alto, delgado, grave, un señor hecho de pausas y tabaco, de fiestas de guardar y estricto cumplimiento del deber. Todo un señor.

El padre de Cristo-Teodorito era puntual, muy puntual, y todas la mañanas del año salía de casa a las nueve en punto, para estar a las nueve y media en su empleo municipal, haciendo el mismo recorrido, por las mismas calles y al mismo paso, durante cuarenta años. En invierno llevaba sombrero (el sombrero no se lo quitaba nunca) y bufanda, una bufanda roja que, ahora que lo pienso, debiera haberle restado gravedad a su figura de hidalgo manchego, pero no se la quitaba en absoluto. En el padre de Cristo-Teodorito hubiera quedado grave incluso una bata de cola.

En verano, el padre de Cristo-Teodorito iba con el traje del verano, de todos los veranos, siempre el mis-

47

mo, un traje ligero y grisáceo al que el paso del tiempo había dado aún más levedad, más ligereza, más frescor, dejándolo casi transparente. La esposa de este señor le despedía en el alto mirador de la casa, todos los días del año, y el vecindario entero asistía a esta ceremonia y comprendía que eran un matrimonio feliz, la encarnación de la familia cristiana que venía en las hojas parroquiales evangélicamente retratada. En el buen tiempo, sí, el padre de Cristo-Teodorito, además de su eterno traje de verano o entretiempo, llevaba el periódico en la mano, el periódico más católico de la ciudad, y lo iba leyendo sin perder su paso, su ritmo, sin confundirse de calles, con la larga boquilla del cigarrillo en la boca. Naturalmente, sus retornos al hogar, a mediodía y por la tarde, eran también puntuales, exactos, calculados, infalibles y tranquilos, hasta el punto de que muchas familias se regían horariamente por las apariciones y desapariciones de aquel señor.

Uno de mis profesores nocturnos y ocasionales en aquellas asignaturas dispersas, absurdas y confusas que yo iba cursando para integrarme en los reinos de la burocracia, fue el padre de Cristo-Teodorito, que dedicaba las horas libres de la oficina a dar clases particulares en el hogar, en torno a una mesa camilla, cerca del mirador por donde le despedía su santa esposa cada mañana, y que con desconcertante frecuencia me metía en el bolso el sobrecito azul de una nueva factura, los honorarios por su sabiduría administrativa: "Esto para tu mamá". Y mi mamá aceptaba, al principio con cortesía, luego con resignación y finalmente con escándalo, los apremios económicos de aquel señor tan grave, hasta que se decidió, en consejo familiar, privarme de la alta ciencia administrativo-local de aquel señor, decisión que yo asumí con salvaje y contenida alegría.

Como profesor, el padre de Cristo-Teodorito había resultado irónico, menos temible de lo que yo imaginaba, o temible por otros conceptos inesperados, pues me aplicaba la burla más que la reprimenda, la reticencia más que el castigo y el sobre más que el ejemplo.

Cristo-Teodorito, por su parte, con aquel padre tan recto, había salido un chico formal, listo, estudioso, alegre, cristiano, ejemplar. Tenía otros hermanos varones, que andaban perdidos por oscuros oficios manuales y tardías vocaciones religiosas, y esta confusión del resto de la familia contribuía a resaltar, distinguir y contrastar las virtudes y excelencias de Cristo-Teodorito, que llevaba muy bien el bachillerato y tenía el propósito decidido, claro y realizable a corto plazo, de cursar Leyes, que quizá era lo que le hubiera gustado ejercer a su padre, ya que la familia creía en el Derecho Civil como en el Evangelio, y en el Evangelio como en el Derecho Civil. O sea que creían en cosas.

Ya de muy pequeños, cuando yo andaba enredado en las peleas callejeras, sucio de arena y rojo de sangre, Cristo-Teodorito cruzaba por entre nosotros, los golfos de la calle, limpio y aseado, camino de la congregación, sin mezclarse para nada en nuestra piratería, en nuestro filibusterismo de niños salvajes, con hambre, lujuria y desesperación. Y luego, en los años adolescentes, Cristo-Teodorito se dignó ser mi camarada, mi amigo de algunos ratos, el chico que iba a casa a visitarme (y entonces había que adecentarlo todo rápidamente) o que me hacía compañía cuando yo estaba en cama y él se convertía en mi amigo íntimo, llenando así la ausencia de Miguel San Julián.

Nuestro parecido físico (él, además de tener el pelo rubio, lo tenía hermosamente rizado) subrayaba aquel enfrentamiento tácito que había entre él y yo, enfrentamiento al que asistía todo el barrio, y que hacía de mi doble una versión muy superior de mí mismo, mucho más idealizada, perfumada, organizada y prometedora. Es fácil y frecuente que tengamos un doble en la vida, un modelo de nosotros mismos (a casi todo el mundo le ocurre) y esto es torturante, tanto si superamos al modelo como si no, porque siempre se vive tiranizado por esa confrontación constante, y esto no hace sino revelar el fondo irónico de la existencia humana, ese vivir dramáticamente en un mundo que no es dramático (como leía yo por entonces en un filósofo escondido), porque el drama lo ponemos nosotros, y seguramente el doble, el modelo, también nos lo inventamos nosotros. Mas allí estaba Cristo-Teodorito, limpio, sano, sonriente, viniendo de su bachillerato y yendo a la congregación (adonde me llevaría algún día) y allí estaba yo, enfermo en la cama, o rendido de mi trabajo y mis estudios de todo el día, o de mis correrías con Miguel San Julián, detrás de las chicas, y cuando hablábamos de literatura, Cristo-Teodorito siempre tenía datos del latín y del griego para aportar, datos de su bachillerato brillantísimo, mientras que yo sólo podía aducir una cultura caótica, casual, más que causal, una cultura dispersa, salvaje, autodidacta y romántica.

No es que yo quisiera ser como Cristo-Teodorito. Yo me buscaba modelos en la vida, pero la vida me ofrecía dobles. Un modelo incita, mejora, ennoblece, despierta el sentido emulativo. Pero un doble hastía, desmoraliza y desconcierta. El modelo se elige y el doble te lo imponen. Cristo-Teodorito era la burla sublime de lo que yo no era. Un espejo que la vida, ya tan temprano, me ponía delante. Es lo que pasa, supongo, con los hermanos. Debe ser funesto tener hermanos, que si son superiores a uno, lo anulan, y si son inferiores, lo envilecen con la común mediocridad familiar y consanguínea. Uno puede elegir, lleno de sentido sadomasoquista, y como animal adorador que es el hombre, los más sublimes modelos humanos de la historia, de la literatura o de su barrio, pero es difícil que uno pueda aprender, tomar o asimilar nada de un hermano, un padre o un pariente glorioso, porque lo tiene demasiado cerca para respetarlo y demasiado lejos (dentro de las familias hay distancias inmensas y secretas) para imitarlo. Claro que Cristo-Teodorito, dentro de la familia ideal que era la suya, sí había aprendido de su padre a llevar un pañuelo planchado asomando por el bolsillo alto de la chaqueta, y otro pañuelo planchado, en el pantalón, para limpiarse la nariz y volver a doblarlo, pero yo creo que la dignidad se la confería el hijo al padre, más que el padre al hijo, pues el padre tenía un hijo que iba para doctor en Leyes, mientras que el hijo sólo tenía un padre que iba a la oficina, a un modesto empleo municipal, y estas cosas se saben, las sabe el

51

subconsciente, aunque parezca que no. Quizás, lo que había entre ellos era un pacto secreto, un pacto que ellos mismos ignoraban, de modo que el chico vivía de superar sádicamente el modelo ya anticuado del padre, mientras el padre vivía de la gloria jurídica y venidera del hijo. Intuía yo por entonces que las mejor trabadas familias se sustentan siempre en estos pactos inconfesables, en estos entrecruces egoístas y subconscientes. Y Cristo-Teodorito se pasaba la tarde entera conmigo, yo en la cama y él muy planchado en una butaca, hablando de literatura, mientras de la habitación azul nos llegaba el laúd melancólico e insistente de mi primo.

Cristo-Teodorito, sí, me llevaría una tarde a la congregación, a aquella congregación de frailes y jóvenes castos que él tanto frecuentaba, y en la que se podía jugar a las damas, al fútbol, al ajedrez, al parchís, etc., y además y sobre todo, leer libros autorizados por la Iglesia, orar varias veces en la tarde y escribir en una revista mensual, entre piadosa y pedante, que financiaban los congregantes, y que a mí, a pesar de todo, me atraía con su olor acre de tinta de imprenta, por encima del olor de las velas, los lirios y las flores a María.

Mi acercamiento a la congregación debía ser un último intento para salvarme de la calle, por parte de Cristo-Teodorito y su familia (en la que por algo había una hija que se quería ir a las misiones). Yo era el infiel más a mano que tenían y, por otro lado, los frailes debían primar, seguramente, la aportación de nuevos congregantes por parte de los veteranos. Mi familia veía entre escéptica y complacida esta posibilidad que se abría en mi vida, y Cristo-Teodorito se limitaba a reír y sonreír, mientras que yo sólo pensaba en la revista, en aquella revista llena de proverbios evangélicos, sonetos a las cumbres montañosas de la comarca e imágenes religiosas en offset. Los poetas del Círculo Académico se habían iniciado allí, allí había visto yo publicados sus primeros poemas, y estaba persuadido, pues, de que aquél podía ser el camino para empezar. Me vestí de Cristo-Teodorito lo mejor que pude (quedaba más alto que él, más decadente, hubiera dicho yo mismo, de conocer el valor de esta palabra) y nos fuimos dando un paseo hasta la congregación, que estaba en el barrio universitario, entre los palacios platerescos y escurialenses, cerca de donde celebraban sus reuniones los del Círculo Académico. Cristo-Teodorito me presentó a un fraile bajo, grueso, joven, que olía a internado y a sopa, que me trató con mucha confianza y me sobó mucho las manos. Cristo-Teodorito le dijo que yo era un escritor nato (me sorprendió mucho oírle esto, que nunca me había dicho a mí) y que podía servir a Dios y a la Virgen en la revista. Estuvimos un rato en el despacho del fraile, con crucifijos y bolas del mundo, y ellos dos se trataban con confianza, haciendo chistes de los que me sentía expatriado, mientras veía por la ventana a unos cuantos chicos en camiseta que jugaban al baloncesto en una cancha polvorienta.

EN la congregación, a la que fui durante un verano y un invierno, solo o con Cristo-Teodorito (siempre soñando con publicar en la revista y sólo por eso), se podía jugar al billar y a otros muchos juegos, ya digo, se podía hacer deporte, conocer a muchos chicos, o mejor a muchos congregantes, y también a algunos frailes importantes, como por ejemplo el padre Tagoro, famoso predicador de ejercicios espirituales. En la congregación llegué a conocer, sobre todo, esa relación de la clase media española con el clero, la relación de internado, colegio religioso, parroquia, etcétera. En mi infancia, había visto algo de eso en la catequesis, pero la relación del párroco con sus feligreses era más natural, digamos más aldeana, más como sin malicia, mientras que la relación de los frailes con las grandes familias de la burguesía y la clase media estaba llena de distingos, sutilezas, halagos mutuos, complacencias recíprocas, intereses y hermetismos. Era una criptorrelación a la que yo no había asistido nunca por no ser hijo de una gran familia, por no haber sido educado en un colegio religioso (de lo cual me alegraba) y que ahora me era dado contemplar de cerca, observar en detalle, gracias a aquella prolongación del colegio que eran en realidad las congregaciones juveniles y religiosas. Me incorporaba tarde al fenómeno y, por lo tanto, me incorporaba con ojos críticos, pues el retardo implica siempre crítica. Lo que los frailes ofrecían allí a los chicos no era sino un triste remedo de los placeres de la calle, pero desprovistos de peligro, como dirían ellos, y por lo tanto desprovistos de interés. Por ejemplo, el billar.

Yo conocía unos billares de verdad, que había por detrás de la catedral, unos billares de estudiantes que me fascinaron un día (al salir de misa de la catedral y entrar allí temerosamente, siempre entre el tirón de la calle y el tirón de la cultura). En aquellos billares encontré la penumbra, la libertad, el lenguaje, el ir y venir de dinero que me recordaba el clima de hombres solos, peligroso e intenso, que había visto en las películas, de modo que seguí acudiendo de vez en cuando a aquellos billares (aunque nunca supe ni osé jugar) con ánimo literario, con visión deformada por el cine, viendo en cada uno de aquellos estudiantes tardíos un gángster de película. Hasta que opté por las reuniones del Círculo Académico, en las que también veía desgarrados poetas románticos y malditos, donde sólo había funcionarios que hacían versos. (Siempre, entre la realidad y yo, esta transformación literaria, esta elaboración espontánea e inevitable de los ojos, esta imposibilidad de ver la verdad en la verdad, o esta posibilidad de ver otra verdad.) Pues en los billares de los frailes había la misma penumbra y el mismo humo, pero el lenguaje era mucho más moderado, el dinero no corría por parte alguna y·cada cuarto de hora se encendían todas las luces y entonces aparecía algo parecido a un gran salón familiar, con una imagen de la Virgen en un ángulo, cerca del techo, a la que todos los billaristas rezaban un avemaría con los tacos en la mano, como fusiles o alabardas que presentaban en homenaje a la Señora. Era como una vaporización periódica del ambiente, una fumigación de santidad, y yo comprendía que, más que de honrar cada cuarto de hora a la Virgen, se trataba, sobre todo, de romper el hechizo, de despejar la atmósfera y de hacer un poco de policía entre los chicos.

Pero los frailes, indudablemente, exageraban aquel sentido de secta, aquella camaradería, aquella prolongación del internado que era la congregación, y se mundanizaban un poco en su relación con los congregantes de más edad, mientras que seguían siendo apostólicos y paternales con los menores.

Era un mundo que se les iba de las manos, por la edad de los congregantes y por la edad del siglo, y pronto comprobé que en ausencia de los frailes se jugaba dinero de verdad, al billar y a las cartas, incluso a las damas, y cambiaba el lenguaje, haciéndose más callejero, y que en los retretes y en los gimnasios había relaciones equívocas entre los jóvenes atletas y sus entrenadores. Pero aún me quedaba otro descubrimiento posterior, y era el de que los frailes sabían todo o casi todo aquello, y procuraban ignorarlo, sin duda porque tenían esa consigna y porque así convenía para el mantenimiento de la congregación. Había un entrenador maduro, de inusitada melena, peinado como un romano de la decadencia o como un griego anterior a Grecia, y había un futbolista moreno, morocho, estudiante de algo, y había entre ambos una amistad peculiar, una intimidad admitida, un secreto tácito que todo el mundo había absuelto allí a fuerza de ignorarlo voluntariamente, de modo que se trataba a la pareja con las mismas bromas condescendientes y cuidadosas, siempre guardando el debido respeto, con que se trata a unos novios, y esto tanto por parte de los otros congregantes como por parte de los frailes, hasta el punto de que llegué a preguntarme (y todavía me lo pregunto) dónde terminaba la ingenuidad de unos y otros y dónde empezaba la tolerancia o la hipocresía. Pero el olor a sopa y a cine, el olor a mucha comida y a película de domingo seguía bañándolo todo y produciéndome una infinita desgana de participar en nada.

La religión era eso: un quitarle el peligro a la vida pretendiendo quitarle el pecado. Un quitar la vida, en realidad. La religión presentaba siempre el peligro como pecado y el pecado como peligro, en un pobrísimo juego dialéctico, de manera que predicaba una moral de la seguridad y el resguardo, con respaldo final en el cielo (como el respaldo de terciopelo azul de los sillones de algunos de aquellos frailes). Pero aquellos frailes de los sillones no podían eliminar el encanto de la vida, su llamada, su perfume, y entonces hacían dentro de la congregación, en los patios y en los salones, una lamentable imitación de la vida, y llegaban a decirnos: "Todo lo que puedas encontrar por ahí, lo encontrarás también aquí". Pero yo no encontraba allí una acequia para bañarme desnudo, ni una novia improvisada y deparada por Miguel San Julián, ni unos poetas eróticos y sentimentales como los que compraba a la puerta del mercado o encontraba en la habitación azul. El afán de rodear la vida de seguridades, de vallas, para que nadie se pierda ni se ausente, lleva al zócalo final del cielo, que es también como una red azul para salvarse de la caída en la muerte.

Y siempre la sonrisa de los frailes, el vuelo de sus hábitos, la humildad sonrosada de sus pies, el olor a sopa, la pulcritud de los congregantes, la corrección en el juego, las preguntas por el papá y la mamá, las insignias, los cuadros de honor y los torneos de algo en la cancha grande, con calor de cal, ahogo de pared, clima de polvo, refriega de hombres y sólo hombres, risas y gritos, confinamiento y castidad. Y una vez al mes, la revista, en la que, a pesar de todo, me habría fascinado publicar unos versos, una prosa, algo.

El fraile que nos había atendido el primer día, a Cristo-Teodorito y a mí, era el padre Valiño, y una tarde entré en su despacho lleno de crucifijos y bolas del mundo (que por lo visto era también la redacción de la revista) y le dejé sobre la mesa un poema.

—Por si vale —dije.

—Siéntate, siéntate.

(Estaba arreglando un rosario cuyas cuentas se habían soltado.)

—Verso libre... —dijo, con admiración irónica, al leer mi poema.

—Son alejandrinos y heptasílabos blancos —dije con voz sosa.

—Bueno, verso blanco, verso libre. ¿Y la rima?

—No es verso libre. Está medido. Es verso blanco.

(Todo esto lo había aprendido yo muy bien, de oídas, en el Círculo Académico.)

—Ay, los jóvenes poetas os estáis olvidando de la rima. ¿Sabes que la rima le agrada a la Virgen? Todo rima en la Obra del Creador.

Dijo obra y creador con mayúsculas. Me halagó que me incluyera entre los "jóvenes poetas" que nos estábamos olvidando de la rima. Me halagó aquel plural, pero la entrevista ya no me interesaba nada porque, evidentemente, el padre Valiño, que era el director de la revista de la congregación, no conocía la diferencia entre verso libre y verso blanco. Mi poema lo había escrito yo con una caligrafía complicada, modernista (cincuenta años después del modernismo) y luego lo había pasado a máquina en una de mis academias nocturnas. El padre Valiño tenía entre sus manos gruesas y satisfechas, manos de arreglar rosarios, la versión mecanografiada del poema.

—Luego, hay como un cierto sensualismo en esta obrita. Cómo diría yo. Es algo terriblemente mundano.

Y me miró con picardía, casi como una muchacha. Aquello no era una "obrita". Era un poema, y nunca se me había ocurrido que se le pudiese llamar obrita. Unos cuantos chicos en camiseta se entrenaban en el patio, como siempre, y yo los veía por la ventana. El entrenador de la melena estaba sentado en unas barras de hierro, con un suéter deportivo fumando y observándoles.

—¿Lees mucho?

—Todo lo que puedo.

—¿Lees el Evangelio?

Dudé.

—Lo he leído.

—Hay que leerlo siempre. Es el poema más hermoso.

Había dejado a un lado mi papel y se afanaba otra vez en restaurar el rosario. A veces se ponía la crucecita entre los dientes, con confianza, esperando engarzarla

59

en su sitio. Tenía unos dientes menudos y como sin acabar de crecer.

—Entonces, me lo llevo... —dije.

Tardó un momento en recordar el poema y por fin lo miró de lado.

—No, déjamelo, tengo que estudiarlo. ¿Por qué no vuelves a la rima?

No podía volver a la rima, puesto que nunca había rimado. Pero quizá el padre Valiño no se refería a mí, sino a la poesía en general. De modo que comprendí esto a tiempo y no le dije que nunca había rimado.

—Prueba de hacerle algo a la Virgen. Ella se merece todos los poemas. Algo para el mes de mayo. Esto me parece demasiado moderno, demasiado ¿cómo se dice ahora? Surrealista. Eso es. Surrealista. Cosa del demonio.

Pero yo sabía muy bien que estaba envenenado de modernismo, pues los poetas modernistas habían caído en mis manos, en viejos libros de los tenderetes callejeros, o en las sombrías y conservadas ediciones de la habitación azul. Mi poema era modernista, para desgracia mía, y si algo me dolía de él era eso: su antigüedad, su vejez. Pero el padre Valiño lo encontraba demasiado moderno. Surrealista. Ni él ni yo sabíamos que el surrealismo era ya, también y desde hacía muchos años, una cosa histórica. Con lo de surrealista había querido decir que no se entendía nada. Me despidió cogiéndome mucho las manos, como siempre, y dándome golpes en la espalda como con una pelota amistosa, que era su diestra. Salí de allí convencido de que el poema no se publicaría nunca en la revista de la congregación, por sensual y surrealista, y recordé con alivio que tenía en casa el original manuscrito. Los del entrenamiento volvían del patio y corrían hacia las duchas llenos de sudor, gritos y violencia.

EN las noches del verano, Cristo-Teodorito y yo bajábamos a la plaza. A veces, también bajaba mi primo, e incluso Miguel San Julián venía andando desde su lejano barrio de ferrocarriles. La plaza era redonda, espaciosa, con bancos de piedra, también circulares (en los que yo había jugado mucho de pequeño) y una farola en el medio, pétrea, enorme, con cuatro brazos y cuatro faroles que daban una luz blanca en verano, amarilla en invierno, verdosa en los atardeceres con niebla de la primavera y el otoño. La plaza estaba cerrada por las grandes casas del barrio, los palacios, los viejos edificios habitados por sombras, o deshabitados, las iglesias y las enormes oficinas militares. También había algún colegio y algunas tiendas. En la noche de verano, en una atmósfera donde al negro se le transparentaba el azul, todo tenía como una embriaguez de luna, una palidez de eternidad y un perfume que venía de los innumerables huertos de los conventos, lejanos y cercanos, por encima de tapias y tejados, por entrecalles, y también de los jardines con fuente y estatuas, donde los aristócratas del barrio daban sus últimas fiestas de la temporada.

La casa de Cristo-Teodorito, y la mía incluso, se asomaban un poco a aquella plaza, pero desde calles oscuras, estrechas y frías. Seis calles entraban en aquella plaza o, mejor dicho, no entraban, sino que desaguaban allí su soledad sin faroles, y todo hacía subir el caudal de silencio y solemnidad que tenía el gran redondel. Una calle era afilada y fría como un cuchillo que venía del norte, otra era delgada y conventual, había un callejón corto, torcido y borracho, y una calle ancha y bella, con varias iglesias y conventos, y otra calle estrecha y pobre, que quedaba redimida por las luces que le venían de poniente, y, finalmente, una especie de calle comercial, con muchas mercerías y tiendas de comestibles. Cristo-Teodorito y yo éramos algo así como los delfines de la pequeña burguesía del barrio, admirados por las gentes obreras y por los porteros, y tolerados por la aristocracia que tenía pianos, en gracia, sin duda, a nuestras cabelleras rubias, nuestra gentileza unánime y nuestra adolescencia par. Esto lo iba viendo yo o lo iba sabiendo de alguna manera, porque en torno de aquella plaza, como en todos los ámbitos del hombre, había una sinfonía rigurosa de clases, un compás de gentes, y nuestras familias eran familias de señores para los artesanos (como decía mi abuela) y familias de empleados para la gran burguesía y la aristocracia. Y cuánta indiferencia peyorativa ponían estas gentes en el término empleado. Conseguían que sonase como siervo distinguido o algo así. Yo había oído decir a las marquesas del barrio: "Son buena gente, muy honesta: familia de empleados". Con lo que quedaba claro, en la sola palabra empleados, tan amplia y tan precisa al mismo tiempo, que eran o éramos fieles mimetizadores de las costumbres y los gustos de las clases altas, gente de fiar que siempre se contentaría con el mimetismo como ideal y la sonrisa dominical como recompensa, sin acudir jamás a las barricadas de la revolución obrera, que a pesar de todo estaba en el aire y que a mí me impacientaba y me llenaba de acción interior y subversiva. Lo que no impedía que, al mismo tiempo, disfrutase de la tolerancia, que también estaba en el aire, hacia mi familia y hacia mí, quizá, como queda dicho, por mi propia gracia de delfín pequeñoburgués que, como se diría una vez en los saraos elegantes del barrio, "merecería, el pobre, haber sido de méjor cuna".

Y gracias a estas tolerancias, cantábamos Cristo-Teodorito y yo, en las noches estivales de la plaza, y se nos sumaban otros amigos al coro, y no temíamos demasiado despertar la indignación de los grandes del barrio, que por otra parte estaban ya ausentes casi todos, en sus fincas con olmos, encinas y chopos, disfrutando de un verano caliente y cereal, lleno de refrescos, trilla y perros de caza.

Una noche bajaron dos chicas, dos hermanas, que vivían en los bajos de un palacio, con una tía modista que cosía para las grandes damas de la casa, y a la noche siguiente bajaron otras, y luego fueron viniendo de calles cercanas, de modo que éramos ya una pandilla de madrugada, chicos y chicas, cantando canciones regionales o canciones de moda, o jugando a cosas, en ese equívoco de la adolescencia en que los juegos infantiles, todavía vigentes, tienen ya otro significado. Había ninfas morenas de ojos profundos y un poco extraviados, que enamoraban a mi primo y le hacían dudar de su lejano y lluvioso amor de las cartas. Había mozas rudas como criadas (incluso había alguna criada o primera doncella, al cargo de la casa mientras los señores estaban en la finca). Pero una primera doncella nunca es tan chica de servir como una señorita cuando sale chica de servir. Y de estas mozas rudas y señoritas se enamoraba Cristo-Teodorito, que andaba perdido, por lo que yo pude ver, en materia de mujeres, y aún no había encontrado su mujer ideal, como tampoco la había encontrado yo, por más que me esforzaba en forjarla mentalmente, pues el esfuerzo del adolescente por crear una mujer imaginaria y enamorarse de ella, no es sino otra manifestación de su esfuerzo por hacerse una personalidad propia, y acuñando esa mujer se está acuñando a sí mismo de otra forma, vicariamente, por reflejo y con la ayuda, siempre poderosa, del erotismo. Había también una joven cantinera, renegrida y bruja, Jesusita, que perseguía sin éxito a Miguel San Julián, y estaba, sobre todo, María Antonieta, venida casi de otro barrio, ya, hermosa como las estrellas de cine, hierática como ellas, fascinante, reina menestral del mercado donde su madre viuda tenía una pescadería.

Estaba también Tati, de la pequeña burguesía acomodada del barrio, hija de un veterinario que viajaba constantemente a los pueblos de la provincia con su citroën cuadrado y resonante, el único que había por allí, ya que los aristócratas sólo sacaban sus silenciosos automóviles unas cuantas veces al año, para irse de veraneo, o para ir a misa el día de la gran nevada del invierno, o para traer el viático al moribundo de la familia, o para la boda de la niña con un diplomático de Madrid. Aquel coche, pues, del veterinario, no tenía ninguna distinción, era un instrumento de trabajo, como se diría después, pese a lo cual, Tati y sus numerosas hermanas (todas precoces e impacientes sexuales) se envanecían de aquel citroën y sólo por esto se sentían ya incluidas en la otra escala social, en la superior, que era la que tenía automóviles, pero la que al mismo tiempo se permitía el supremo lujo silencioso de no usarlos, mientras que el coche del veterinario olía como a matanza de animal, a todos los burros y mulas que habían muerto en manos del buen señor, que sin duda entraba con su coche casi hasta la cuadra del animal agonizante, en la noche angustiosa del pueblo, cuando la muerte de un caballo es tan crispante y desoladora como la muerte de un virrey.

Tati era amiga íntima de María Antonieta, y ambas debían ser un poco mayores que el resto de las chicas, o al menos se vestían como tales, al uso de las artistas de Hollywood, con fruncidos por un lado y estreheces por otro. Las dos amigas andaban siempre manoseándose mucho, como hacen algunas muchachas a esa edad.

Pero lo que en Tati era exceso de arreglo, sobranza de afeite, artificiosidad y provocación (nacido todo, sin duda, en las frecuentes ausencias del padre), en María Antonieta era naturalidad (dentro del envaramiento que caracterizaba y casi hermanaba a ambas) de modo que la melena lisa le quedaba a María Antonieta como recién creada, con sus adornos en la frente y su diadema de flores en el pelo, y sus ojos claros, enormes, fijos, parecían esconder más secreto que el secreto vano de Tati, y su boca grande, pintada ya precozmente, no parecía pintada, como la de Tati, y, sobre su cuerpo alto y recto, los vestidos de mujer tenían un encanto fresco, pese a lo cinematográfico de los modelos, mientras que a Tati todo le quedaba muy de modista, como si hubiera salido a la calle con el vestido en pruebas, incompleto, recargado e indecente al mismo tiempo. O quizá fuese, sencillamente, que María Antonieta era mucho más hermosa que Tati, porque María Antonieta tenía unas piernas largas, líricas, casi rectas, en tanto que las piernas de Tati me resultaban excesivamente torneadas, con la línea forzada en un servil afán de la naturaleza por agradar. En todo caso, yo no pensaba nada en Tati (aunque me volviese discretamente a mirarla, por la calle, cuando ella pasaba y me ignoraba, que unas buenas piernas siempre son unas buenas piernas), mientras que pensaba mucho en María Antonieta, que asimismo me ignoraba un poco o un mucho durante el día, pues aquellas muchachas que venían por la noche a nuestro lado, sumisas, para cantar, por la mañana nos ignoraban, como en no sé qué cuentos infantiles: quizá el día, que les traía zapatos altos, turbantes y pintura, las subía en un trono desde el que nos veían niños, mientras que en la noche, con el calor, la soledad y la música, afloraba en ellas la niña que eran, y muchas veces estaban a nuestro lado descalzas.

Una noche, jugando a las prendas o a algo así, después de haber cantado, y cuando todavía nuestras canciones estaban en el cielo estrellado, como guirnaldas, a María Antonieta le tocó besar en la frente al chico de su agrado, mientras los chicos permanecíamos con los ojos cerrados, esperando el beso, y yo, que era el único que no lo esperaba, sentí de pronto que la tiniebla se me llenaba de perfume, un perfume, ya, de mujer, y que algo blando, fresco, cálido y lento se posaba en mi frente, y me quedé con los ojos cerrados, un minuto más, porque no me atrevía a abrirlos, porque ella me había besado, porque todo, mientras chicos y chicas reían, y cuando la miré, cuando miré a

María Antonieta, se había ido ya a su sitio, estaba muy seria, pero nada forzada, muy mujer: era una mujer que había cumplido con su deber y nada más, su deber de elegir hombre, de señalar con su beso de experta —¿de experta?— al más —¿al más qué?—, al que ella, buena conocedora (con autoridad implícita reconocida tácitamente por todas las demás) encontraba como el mejor.

Me forcé por seguir el juego, por no darle importancia a un beso que me turbaba, por no pensar en ella, o por no mirarla, ya que no pensaba en otra cosa, y el carmín era fuego en mi frente, y sólo mucho después comprobé, mirando su boca, que no llevaba carmín, de modo que el fuego era carmín, y no al revés, ya que carmín no había, y María Antonieta me había marcado con fuego, con un beso intencionado de mujer, que era el primero que recibía en mi vida, y que todavía (siglos más tarde) me florece en la frente como un pensamiento ardiente y puro.

Cuánta gratitud, que no ha cesado jamás en mi vida de fluir, brotó de aquel beso, de aquella primera mujer que me decía silenciosamente que sí, que yo era, y me afirmaba, porque un beso es siempre una afirmación de algo, y no sé si otras muchachas (o más fácilmente otras mujeres, las que se fijan en los adolescentes) me habían mirado antes, pero sólo ella, María Antonieta, me lo había dicho sin palabras, con esa palabra extraña, fuera de vocabulario, pero hija también de la boca, que es un beso, el beso.

EN casa, de vez en cuando, todavía me enviaban a hacer recados. Al mercado, por ejemplo. A medida que las viejas sirvientas nos iban abandonando o se iban muriendo, a medida que la familia se iba desmoronando, desintegrando, había días en que sólo quedaba yo para ir al mercado a por un poco de carne, de pescado, de fruta, porque tomase algo la enferma de la casa (siempre había alguna enferma en la casa), y yo no sabía ni podía ni quería negarme, y en la habitación azul estaba mi primo tocando el laúd, o componiendo poemas, o escribiendo cartas a la novia (las tres actividades venían a ser la misma, una sola actividad sentimental e incesante) y nunca se me ocurrió preguntarme por qué no le enviaban a él, en lugar de a mí, con el capazo o capacho oscuro de la compra, al mercado, y la verdad es que esta sola idea resultaba incoherente, y yo mismo me hubiera revelado contra ella, porque el grado último de la sumisión (o penúltimo, para ser más exactos) es entender ya la propia liberación como un escándalo. Quizá a él no le enviaban porque era un poco mayor que yo, y quedaba feo todo un hombrón haciendo aquellas labores de mujer, pero esto son explicaciones que me doy ahora, a posteriori, pues la verdad es que nunca supe ni sabré (entonces ni siquiera me lo preguntaba) el secreto de aquellas diferenciaciones. Estaba convenido de alguna forma que el que iba al mercado era yo, cuando hacía falta, y en los días libres de la oficina, del sótano y de la copiadora, en los días libres del ogro con cara de Gutenberg, era más que nunca un niño de Edmundo d'Amicis o Alfonso Daudet, un niño humillado por una bolsa de la compra.

De modo que el mercado era para mí un sitio nauseabundo, donde creía reconocer las miradas reticentes e irónicas de las vecinas, que sin duda se decían —¿llegué a oírlo alguna vez?—: "Esa pobre familia va a la ruina, ya sólo tienen al niño para el mercado". Y también cabía la posibilidad de que mi supuesta inocencia infantil ayudase a pasar la barrera de las trampas, de las cuentas sin pagar, ya que a una mujer de la casa le habrían recordado la deuda los pescaderos y los carniceros, pero al chico, aunque ya supieran qué chico era, no le decían nada, pues estaba claro que había ido allí en pura emergencia, quizá porque había una enfermedad en la familia. Algunos tenderos me daban el pan o las verduras con cierta hosquedad y presteza que me hacía adivinar la deuda que había por medio y cómo habían penetrado el truco de enviar al niño a la compra, de modo que se prestaban al juego de mala gana, y ni siquiera preguntaban, para evitar ser engañados con mi supuesta inocencia. Una vez, un tendero me dijo que venga tu abuela, niño, o que venga tu tía, o que venga tu madre, o que venga la Sabina (que era la vieja criada que ellos identificaban con la casa), o sea que se negó a despacharme, y esto, de momento, me puso rojo, tenso y débil al mismo tiempo, pero comprobé de una ojeada casi llorosa que, si bien todas las caras me miraban, no había ninguna conocida, y luego fue un alivio, al llegar a la calle, doblar el capacho de la compra, vacío, meterlo debajo del abrigo y no tener que cruzar el barrio con la carga de coles, merluza y espárragos.

En días sucesivos, iba al mercado con la esperanza y el temor de ser rechazado igualmente por algún vendedor, para volver a casa de vacío, ya que nada me importaba no llevar comida, ni quedarme yo sin comer, con tal de no pasar el viacrucis de las calles con mi carga humillante.

Porque, si efectivamente volvía del mercado sin mercaderías, bien porque me hubiese rechazado algún tendero, bien porque el pequeño dinero que llevaba no llegase para comprar nada (las subidas de los precios eran frecuentes, inesperadas y, sobre todo, caprichosas) lo que hacía no era volver inmediatamente a casa, sino que me daba una vuelta por los alrededores del mercado, donde había vendedores ambulantes, charlatanes, encantadores de serpientes, corros de gitanos haciendo tratos y mujeres de la mala vida buscando un cliente mañanero. Así como me repugnaba el mercado por dentro, con su exceso de comida, su olor a crimen en las carnicerías y su olor a letrina en las pescaderías, me gustaba el mercado por fuera, con su aglomeración de obreros, meretrices, encantadores de serpientes, exploradores apócrifos que vendían productos exóticos y montañeros igualmente apócrifos que habían bajado de las cumbres saludables con el caramelo de los Alpes para la tos. Todo aquello me recordaba un poco el mercado persa de Rimsky-Korsakoff, que era una cosa que se oía mucho en casa, en los discos de la familia, pues las familias de por entonces se habían quedado, musicalmente, en el descriptivismo brillante y superficial del ruso, y mi primo, por ejemplo, era un devoto de *Sherezade* y *El vuelo del moscardón,* ya que la pequeña y la gran burguesía seguían y siguen gustando del naturalismo en todo, de la música descriptiva y del arte realista, aliado, si fuere posible, al exotismo musical del ruso, que también nos bañaba en los conciertos de la orquesta local, cuando acudíamos a alguno de ellos, en solitario o en familia, y donde la exquisitez provinciana entraba en éxtasis con tales verismos y exotismos.

Un viaje alrededor del mercado, pues, podía ser como un viaje alrededor del mundo, y también aquel cosmopolitismo me recordaba a mí *La vuelta al mundo de un novelista,* de don Vicente Blasco Ibáñez, reputado autor de izquierdas, maldito y marcado por los frailes de la congregación, por el padre Valiño y el padre Tagoro, y de quien yo había gustado asimismo *La catedral, Flor de mayo, Luna Benamor* y *A los pies de Venus,* admirando el anticlericalismo encarnizado del primer título, el realismo poético del segundo (por ahí me iba viendo yo como escritor), el exotismo del tercero y el erotismo del cuarto, que me había abierto un mundo cosmopolita y perfumado donde los embajadores vivían amancebados con diosas desnudas en las villas de la Costa Azul.

Pero si me llenaban el capacho de repollo y coliflor, había que renunciar a la literatura y a la geografía, a Blasco Ibáñez y a Rimsky-Korsakoff, había que volver a casa tirando de la carga y mirando para ningún sitio, por no saludar a las vecindonas irónicas, o al barbero que estaba en la puerta de su barbería, sin nada que rapar, arrullando el cáncer que le iba matando y mirándome con odio de canceroso y odio de barbero, ya que yo persistía en mi melena, entre los héroes adolescentes de los tebeos y los poetas malditos.

Así que cuando, después del beso de María Antonieta, me enviaron por primera vez al mercado, caí en un horror que no había previsto. Cómo aparecer ante ella, que ayudaba a su madre y a los dependientes por las mañanas, en la pescadería, como cajera, sin perder su aura de película, con mi bolsa de la compra y mis deudas, pues la pescadería de María Antonieta era la más cara del mercado, y esto me había librado de acercarme nunca a ella, de modo que allí no tenía deudas ni era cara conocida, con lo que bendije la miseria de mi familia, la pobreza y el hambre, que así me habían resguardado de la vergüenza. Pero, de todos modos, habría que pasar por delante de la enorme pescadería de María Antonieta, y para evitarlo decidí frecuentar solamente una mitad del mercado, seccioné rigurosamente en dos aquella acumulación de manzanas, como si fuera una sola manzana, y me quedé con la mitad izquierda, que era la contraria a la pescadería de mi amor.

No me regía ya, dentro de la galaxia confusa y olorienta del mercado, por las leyes de la deuda, la trampa y el precio, sino por la ley más implacable del amor, a pesar de lo cual siempre temía encontrarme a la chica por algún sitio, pues a ella, a media mañana, le gustaba darse un paseo por todo el mercado saludando a los otros tenderos y recibiendo el homenaje macho y vegetal de los hortelanos: haciendo, en fin, un poco de vampirismo en aquel mundo que era su reino, un reino de frutas, lenguados muertos, corderos como víctimas y comadres como brujas.

Pero así como en los días de compra me horrorizaba entrar en el mercado (que era mi Infierno, con su Beatriz dentro), en los días sin obligaciones domésticas me complacía la idea de pasar por allí para verla y también para que me viese, displicente y con las manos vacías, con el abrigo desabrochado, y que me dijese ¿tú por aquí?, para responderle yo, ya ves, he pasado por verte, qué iba a hacer yo en este sitio, si no, con un exceso de extrañeza por el lugar que, por otra parte, puede que me hubiese delatado igualmente. Y el mercado, que había sido el lugar de mis odios, un mundo blando de fruta podrida y pescado agonizante, se fue transformando así en el lugar de mis sueños, y las frutas se encendieron como luces, y los pescados se volvieron de plata, y las naranjas de oro, y la carne era como un tributo sangriento a mi diosa, y todo era una fiesta donde los vegetales perfumaban intensamente, los panes eran panes de oro y los quesos eran eunucos que codiciaban a mi reina, presos en sus vitrinas de cristal.

Llegué, sí, a pasearme displicentemente por el mercado, sin bolsa ni nada en las manos, ocioso y ligero, con el abrigo abierto y la cabeza alta, y hasta un panadero, que siempre había sido rudo conmigo por las deudas de la familia, me gritó al pasar por delante de su panadería: "Eh, señorito ¿no me lleva el pan?". Me irritó aquello, que era una humillación en mi nuevo estado, pero al mismo tiempo me enorgulleció lo de señorito, y sobre todo la amabilidad de aquel hombre, que sin duda había visto en mi porte una

riqueza nueva, ignorando, en su ignorancia de hari-
na, que era la riqueza del amor. De modo que le hice
un gesto vago y nobiliario con la mano, le sonreí
como los príncipes sonríen al pueblo y, olvidado de
mis afanes vindicativos contra los ricos, los curas y los
mercaderes, asumí las aristocracias a que tenía derecho, por muy lejanas que fuesen en la genealogía, y
pasé de largo, dando a entender a aquel rústico que el
pan, su pan, era ya poco para mí, y meditando sobre
el poder metamorfoseante del amor, que no sólo
mueve al sol y a todos los demás astros, como ya viera
mi tan leído Alighieri, sino que también mueve a los
panaderos y les hace más amables y respetuosos con
los delfines gentiles y endeudados.

Con igual desenvoltura pasé ante la pescadería de
María Antonieta, grandiosa como un océano, donde
ella reinaba desde su caja registradora, con un delantal blanco impecable sobre el vestido de Hollywood, y
donde la legión de los dependientes se movía bajo la
mirada autoritaria y borracha de la madre de mi
amor, una mujer gruesa, baja, apretada, miope y
congestiva, que llevaba en sus manos, por sobre los
sabañones del frío y del pescado, grandes anillos, pie-
dras preciosas, como encontradas entre las profundidades marinas de los besugos, y que eran testimonio
de su opulencia de viuda que iba también a los conciertos de la orquesta local, como las marquesas de
mi barrio, a deleitarse con el mercado persa de
Rimsky-Korsakoff, que debía recordarle el rumor de
su propio mercado, pero se dormía en seguida en la
butaca. María Antonieta, desde lo alto de su caja, me
sonrió levemente, gratamente, sin extrañeza de verme

allí, sin ademán de pararme, y de pronto comprendí que, a pesar de todo, la azorada era ella, pues un delfín de la clase de los empleados, y que viene de buena familia desguazada, es casi un aristócrata para las hijas de las pescaderas enriquecidas.

NO sólo al mercado me enviaba mi familia, sino también a las pequeñas tiendas del barrio, y en aquellas correrías con la bolsa de la compra me pareció entrever alguna vez a uno de los miembros del Círculo Académico, el orador de la melena y los dientes apretados, de quien ya sabía yo que se llamaba Darío Álvarez Alonso, y que pasaba despacio, pero como huido, por calles estrechas con muchas carbonerías. Temí saber la realidad: que Darío Álvarez Alonso también hacía recados.

Porque podía soportar mi dolor y mi humillación, a los que ya estaba acostumbrado, pero no podía soportar que uno de mis ídolos literarios se me viniese abajo, porque yo tenía a aquellos poetas y escritores del Círculo Académico (y en especial a aquél, a Darío Álvarez Alonso), situados en un limbo de luz y versos, de patios y cultura, de claustros tranquilos adonde no llegaban los gritos del mercado ni el metralleo de las máquinas de escribir de mi oficina, y les imaginaba paseando siempre por aquellos claustros, en un sol tranquilo, sin otra ocupación que intercambiarse metáforas de los clásicos y ocurrencias propias. Eso era para mí la literatura.

Si Darío Álvarez Alonso también hacía recados, esto suponía que el reino exento de la cultura no estaba en ninguna parte, que la maldición y la humillación de la vida alcanzaban a todo el mundo, que ser escritor, artista, poeta, no servía de nada, cuando yo había creído que aquellos seres eran los únicos que no compartían los dolores, los tediosos líos de familia y los partos de los otros humanos deleznables. Muchas cosas se me venían abajo, aunque no dejaba de decirme que, si bien Darío Álvarez Alonso quizá hiciese recados, como yo, con un capacho, él no era, al fin y al cabo, más que un aprendiz de escritor, un aficionado (el más importante y profesionalizado del Círculo, eso sí) pero que en algún sitio, quizá en Madrid, en los hondos y dorados cafés, como en París, o siempre a la orilla de los mares con diosas, como los modernistas, o en las cumbres de los montes, como Machado y los poetas castellanos, estaban los escritores, los poetas, viviendo una vida aparte, ociosa e inteligente, que era la vida literaria, sin abuelas enfermas ni deudas en el mercado.

Sentí más vergüenza, pues, por el capacho de Darío Álvarez Alonso que por el mío propio, me dolió más lo suyo, me pareció más injusticia de la naturaleza y de la vida, mayor burla del destino, pues al fin y al cabo yo no era nadie, no era nada, dudaba mucho de pasar algún día, del capacho de la compra y la prensa de la oficina, a los grandes cafés literarios del mundo, pero estaba claro que Darío Álvarez Alonso era un escritor, tenía cabeza, traza y voz de escritor, era lo más escritor que yo había visto en mi generación, o en la siguiente, pues Darío Álvarez Alonso debía llevarme algunos años, y le había imaginado siempre en su casa, por supuesto estaba en un barrio discreto de la ciudad, con un portal revestido de cierta dignidad, preparándose para ser escritor, leyendo y escribiendo en aquellos miradores altos, con sol de la mañana y de la tarde, que eran sus miradores, sin tener que estudiar una carrera de Leyes, como Cristo-Teodorito, y sin tener que hacer recados. Mas lo que había en la ciudad, precisamente, eran palomares derruidos, como en el *Lazarillo,* es decir, casas de buena apariencia que por dentro habitaban sombras arruinadas, mendigos de oro.

Ocurre, pues, que uno perdona su propio destino, se instala en él, acepta su excepción en la desgracia, su desgracia en la excepción, pero cuesta aceptar la desgracia y la mentira de aquello que habíamos creído una zona exenta e inalcanzable de la vida, el ideal que nos consuela siquiera con su existencia, aunque no tengamos acceso a él. La desesperación empieza cuando comprobamos que no hay ideal, que no hay zócalos de luz donde habiten seres privilegiados, criaturas afortunadas. El hombre es generoso, a pesar de todo, y renuncia a su felicidad y a su vida con tal de que le dejen creer que la felicidad existe en algún sitio y para alguien (en el cielo para los cristianos, en el futuro para los progresistas). Es una forma de salvación individual en la salvación colectiva y venidera de la humanidad. Lo que se tarda en aceptar, lo que se acepta sólo con la madurez, es que no hay salvación para nadie en ningún sitio, que no hay una franja mágica de vida donde se detiene el tiempo y se es feliz para siempre (la imagen de esa franja suelen dárnosla algunas nubes estiradas del crepúsculo, "de un incoloro casi verde", como decían mis poetas modernistas o posmodernistas, pero es claro que esas nubes desaparecen en seguida, se desvaen, se deslíen, se destrenzan, son mera ilusión óptica). Perdida la infancia, perdida la religión, mi franja de un incoloro casi verde estaba en la literatura, y ese incoloro casi verde aureolaba la frente de Darío Álvarez Alonso, por donde yo había conocido que era un predestinado, un elegido, hasta que descubrí que también él, como yo, hacía recados. No me habría importado no ser nunca escritor con tal de que se salvase la literatura. Me bastaba, por entonces, saber que ese mundo sosegado y lleno de imágenes existía, y esto me consolaba hasta resignarme a no acceder a él. Me importaba más la literatura que mi literatura, que eso es ser joven, adolescente, crédulo y puro. Pero la vida, que es impura y, sobre todo, irónica, le hace a uno escritor a costa de cargarse la literatura, le lleva a un reinar en ese reino sólo por revelarle que está tan podrido, sucio, triste, atormentado y mareado de días como todos los demás. Y, para hacer todo esto más grave, Darío Álvarez Alonso portaba bajo el abrigo un vergonzante capacho muy parecido al mío.

Darío Álvarez Alonso tenía la melena transparente de los que pronto se van a quedar sin pelo, el pelo fosco, más revuelto que abundante (donde el caos quería suplir la escasez) y tenía los ojos entrecerrados, miopes, con una miopía sin gafas que quería ser penetración, tenía el rostro como tumefacto, blanco y blando, como la arcilla pálida de una cabeza de poeta no acabada de hacer. Tenía, sobre todo, una boca gruesa que hubiese sido sensual de no haber sido amarga, y hablaba, y decía sus discursos del Círculo Académico, con los dientes apretados, lo cual le daba un encanto sibilino a sus palabras y a su risa. Darío Álvarez Alonso vestía siempre (yo diría que también en verano) un abrigo con rozado cuello de terciopelo, abrigo entallado con algo de levita, abrigo de escritor, de poeta romántico, maldito, y nunca hubiera imaginado yo un capacho de la compra bajo aquel abrigo. Le veía, sí, en anocheceres de niebla, tristes de luces tardías y tiendas pobres, por calles pequeñas, pasando como una sombra lenta y huidiza al mismo tiempo, ya digo (no se precipitaba nunca) y sentía yo más vergüenza de su vergüenza que de la mía, hasta que una tarde sobrevino el encuentro inevitable, en una carbonería adonde ambos habíamos acudido a por cinco kilos de carbón.

Fue como si Baudelaire y Lautréamont se encontrasen en una carbonería de París (no sabía yo muy bien quién de los dos podía ser Baudelaire y quién Lautréamont) y pensé en principio que Darío Álvarez Alonso no me reconocería, ya que no había sido más que público anónimo en sus actuaciones del Círculo. Darío Álvarez Alonso podía ignorarme por soberbia o por humillación, porque él era Darío Álvarez Alonso y yo no era nadie, o bien porque no querría que le reconociese comprando cinco kilos de carbón de encina para el brasero de su casa, para el gran brasero familiar y dorado (al menos así había que imaginarse el brasero para seguir salvando algo cuando todo estaba perdido).

Pero esto sólo lo creía yo, el que todo estuviese perdido, porque Darío Álvarez Alonso vino a mí y me saludó afable, natural, con las mismas maneras que en sus grandes veladas del Círculo Académico (donde no me había saludado nunca, por otra parte) y ya veía yo nuestras dos figuras de poeta, contra el fondo negro renegro de la carbonería, como un grabado antiguo de tintas muy empastadas, como me veía niño de tinta en los grabados retrospectivos de Gutenberg. Con sus modales, con su voz susurrada, con el vuelo de su abrigo y el trato a pesar de todo altivo que daba a la bruja carbonera, Darío Álvarez Alonso convirtió la carbonería en un salón refulgente de negros, misterioso de minerales, decorado de gatos sucios y de jade, que nos miraban por entre las piernas de la vendedora, o desde lo alto de los sacos, así que me sentí extrañamente a gusto, tranquilo, honrado por la amistad de Darío Álvarez Alonso, que me había reconocido y me hablaba de literatura y me preguntó mi nombre. Aquello de ir a comprar cinco kilos de carbón de encina para el brasero resulta que no tenía nada de humillante para un orador y poeta lírico, y yo me decía que seguramente a Baudelaire también le habría enviado su madre alguna vez a por carbón, sobre todo cuando se convirtió en madrastra, por su segunda boda con el militar Aupick.

¿Habría conocido Baudelaire la humillación de salir con un capacho, por las calles de París, en el anochecer, hacia la carbonería? Seguramente sí, aunque esto no lo contaban sus biógrafos, ni lo contaba él, pero cómo ser sublime sin interrupción entre tanta carbonera y tanta carbonería, cómo serlo yo, cómo serlo Darío Álvarez Alonso, cómo serlo Baudelaire, que lo había escrito sin que yo lo hubiese leído aún, pero teniéndolo ya adivinado, como lo tenía. Darío Álvarez Alonso, baudeleriano, dandy de hacer los recados, le pidió a la carbonera que nos retuviera los capachos en un rincón, mientras íbamos a hacer "otras gestiones" (a los recados los llamaba gestiones, qué palabra, aquello sí que era sublimizar el recado) y le preguntó asimismo a qué hora cerraba la carbonería, para volver a tiempo de recoger nuestros encargos, y

consultó su reloj para ver el tiempo libre que teníamos por delante, y era un reloj de bolsillo que se sacó de dentro del abrigo, un reloj grande, dorado, oscuro, con cadena, y aquel reloj le redimió y nos redimió a todos de lo lamentable de la situación, y nos fuimos por las calles, por aquellas calles de tiendas y almacenes, de iglesias y chiquillos, paseando despacio, tomados del brazo, como se habían tomado siempre los poetas, y entonces sí que me sentí literario, salvado, mientras Darío Álvarez Alonso me hablaba de su Mística y mecánica de lo erótico, tres esdrújulos que me dejaron deslumbrado y que él había acertado a engarzar en el título de una conferencia, que sería su próxima disertación en el Círculo Académico.
—A la que te ruego que no faltes —me pidió, apretándome levemente el brazo que me llevaba cogido.
"Me gustará saber tu parecer", añadió, y yo no sabía cuál podría ser mi parecer, pues no iba entendiendo nada de lo que él me explicaba, y sólo se me había quedado el ritmo de aquel título, de aquellos tres esdrújulos encadenados, engastados unos en otros, dándose énfasis sucesivos y dándoselo a la frase toda. Mística y mecánica de lo erótico. Darío Álvarez Alonso habló mucho, siempre en su tono suasorio, sin despegar los dientes, dando por supuesto que yo sabía cosas que no sabía, y saqué la conclusión de que estaba enterado de muchas más que yo, o al menos las relacionaba mejor, pues a mí me hubiera sido imposible meter en una conversación improvisada todas las cosas dispersas que tenía por la cabeza. El sistema. A lo mejor era eso lo que me iba a fallar a mí: el sistema. De modo que volvimos a la carbonería

cuando la mujer renegrida de carbón, con un saco por la cabeza, como una monja extraña y salvaje, se disponía a cerrar la tienda, y nos dimos la mano cortésmente —él incluso se inclinó un poco—, y, tomando cada uno nuestros cinco kilos de carbón de encina, partimos en direcciones contrarias.

DARÍO Álvarez Alonso había comenzado a colaborar en el periódico local haciendo unas reseñas de libros franceses que firmaba con su nombre sonoro y sus dos apellidos vulgares que, encabalgados uno sobre el otro, perdían vulgaridad y ganaban musicalidad. Cuando, en lugar de firmarle el artículo arriba, con su nombre armónico y sus dos apellidos, se lo firmaban abajo, por azares tipográficos, con las iniciales (D.A.A.), le veía yo mover la melena, oscurecer la frente, afilar la miopía y amargar el gesto de la boca: "Me quieren hundir, me quieren hundir". Era, ya, el gran escritor sufriendo las tormentas de la literatura, las injusticias de la historia, como sabía yo que las habían sufrido los grandes, pero sin que este sufrimiento fuese nunca algo mediocre, como un dolor de muelas, por ejemplo, sino con una grandeza de lámina, porque había que ser sublime sin interrupción, incluso en la adversidad de los tipógrafos.

A Darío Álvarez Alonso no le pagaban nada por sus colaboraciones, claro, pero en esto ni se pensaba siquiera, no pensaba nadie, ni aun él, y yo me decía que me habría parecido mágico ver un texto mío en letra impresa, multiplicado por miles en los ejemplares del periódico, sabiendo que podía abrir cualquier periódico de aquel día e indefectiblemente encontraría mis palabras repetidas hasta el infinito, o por lo menos hasta el límite de la provincia o de la región, adonde llegaba la difusión del diario. Tampoco yo hubiera pensado para nada en el dinero, y ni siquiera me habría atormentado, como a Darío Álvarez Alonso, el que me firmasen con iniciales, o el que no me firmasen (entre otras cosas porque mi nombre no me gustaba mucho), pero la autoridad que adquirirían mis palabras en letra impresa hubiera sido ya mi autoridad ante mí mismo, y eso me habría dado una seguridad que me hacía mucha falta, una pasión y una dirección. Claro que yo no tenía una firma hecha, como Darío Álvarez Alonso, una firma que cuidar. No tenía una firma ni siquiera una persona, pero, con un artículo publicado, mi modelo habría sido ya, para siempre, aquel tipo del artículo, y le habría seguido como si no fuera yo mismo, y quizá en eso consiste una carrera literaria, un éxito, una personalidad, en la imitación paciente y consciente de uno mismo, en seguir los propios pasos o los pasos de ese desconocido que publicó un primer artículo con nuestra firma. Darío Álvarez Alonso, gracias a sus colaboraciones en el periódico, firmados arriba o firmados abajo, con iniciales o con el nombre completo, había pasado a un matiz superior de la literatura local, de modo que ya no leía su Mística y mecánica de lo erótico en el Círculo Académico ("unos tristes aficionados", como me dijo) sino en el seno de los Amigos de la Casa de Quevedo.

La Casa de Quevedo era una torre con jardín donde se decía que alguna vez estuvo preso Quevedo, como consecuencia de una de sus múltiples conspiraciones de cojo, y por donde luego habían pasado los jesuitas, los de caballería y los de la guerra, dejando cada tropa humana, cada generación, cada época, su rastro de mal gusto y flores raras, de mala o buena arquitectura, de muebles rotos y libros prohibidos, de espejos negros y retratos borrados. La Casa de Quevedo, de legitimidad tan dudosa, ya que en todo caso fue cárcel y no casa, de historial tan confuso, pues allí florecía el lis rococó de los jesuitas, la heráldica de Churriguera, la piedra clara de Carlos III y la yedra de los románticos, era un pozo literario con secreto y corrientes de sire, con encanto y frío.

En la Casa de Quevedo se reunían los llamados amigos de tal casa y de tal clásico, que eran unos cuantos escritores locales o aficionados de mayor fortuna, mayor dedicación o, sencillamente, mayor edad, y solían hacerlo los jueves por la tarde, y Darío Álvarez Alonso, como ya éramos camaradas de ir a por carbón de encina, aunque de esto nunca se hablase entre nosotros, como si hubiésemos cometido juntos pederastia o cosa semejante, me llevó del brazo a la Casa de Quevedo, y de este modo me salté una de las etapas literarias de la vida local, la del Círculo Académico, viéndome privilegiado a mi corta edad, y gracias al carbón de encina, con el trato de los grandes monstruos sagrados de la ciudad, que trato me dieron poco, ésa es la verdad, ni bueno ni malo, pero al menos me admitieron entre los suyos o no dieron señales de rechazarme. Yo era así, ya, una especie de discípulo de Darío Álvarez Alonso, pues, el escritor, desde que empieza, mucho más que maestros lo que necesita son discípulos. Me había afanado yo largamente en fijarme unos maestros, en encontrar unos modelos, y sólo mucho más tarde comprendería que lo que el escritor, y el hombre en general, necesita, son discípulos, gente que le siga, o sea, el espejo donde uno se mira, donde uno se ve, donde se corrige a sí mismo y toma aliento para seguir adelante. Los modelos son un espejo solemne, dorado, yerto y hermético, mientras que los discípulos son un espejo vivo, parlante, actuante, un espejo con el que se puede dialogar monologando, que es el diálogo que prefiere el escritor, como Darío Álvarez Alonso monologaba conmigo, fingiendo dialogar, mucho mejor que antes habría monologado solo, por las calles, con el capacho del carbón debajo de la levita romántica.

A los de la Casa de Quevedo los conocía yo porque eran famosos en la ciudad y en sus periódicos, solemnidades académicas y emisoras de radio.

Allí estaba el poeta rural, campesino, propietario, con grandes patillas de zar o, más exactamente, de mayordomo del zar, y que era como un labriego enorme vestido casi de etiqueta y al que la etiqueta le quedaba como la pana, y que tenía en su rostro y en sus manos, curtido todo él por el campo, una solemnidad de papa primitivo, de prior montaraz, un lenguaje casi musical, una entonación antigua y silvestre en la que quedaban muy bien los poemas del Siglo de Oro, que sabía de memoria, y sus propios poemas, que brillaban a la misma luz áurea del Siglo. Allí, asimismo, el fino prosista local, con bigotillo y bastón de caña, todo él como una de las infinitas repeticiones del rey que andaban por el país, vistiendo muy entallado, galante con las damas, rizado en las reverencias, brillante de charoles y fresco de perfumes, todo un escritor ciudadano, mundano, cosmopolita, más cerca de mi modelo ideal que el viejo campesino. Pero no dejaba yo de advertir, mientras ellos hablaban con los otros (Darío me llevaba allí, pero me abandonaba en seguida) en el patio con yedra y estatuas de un romanismo dudoso, el contraste entre aquellos dos tipos de escritor, gozándome con la riqueza y variedad de los tipos literarios, como en un estudio de literatura comparada, pues esto es lo que hacía en realidad, mediante los hombres ya que no mediante las ideas: enfrentar el clasicismo agrario y solemne del viejo al dandismo ciudadano y alacre del joven o maduro, como se puede enfrentar Anacreonte a Baudelaire o Virgilio a Garcilaso. Y había algún clérigo poeta que movía los hábitos con desenvoltura y decía chistes verdes, y había un poeta puro, hombre con aspecto de diplomático o de aristócrata, que vivía retirado en unos bosques de su propiedad, pero no había caído en el ruralismo del de las patillas, ni en el mundanismo del pequeño Alfonso XIII, sino que se mantenía como un embajador retirado o un conde en desuso, y de vez en cuando publicaba un libro de versos a sus expensas, siempre según la estética y tipografía de los alegres y pulcros vanguardismos de antes de la guerra, en los que había brillado, libro que regalaba a sus amigos, conocidos y "conocedores" o gustadores de aquella poesía intelectual, pura, en la que parecía importar, tanto o más que el poema, el hermoso espacio en blanco que lo enmarcaba, aquel papel poroso y limpio, sugeridor de todas las imágenes claras que había en los versos —espumas, velas, nubes, arenas—, imágenes que parecían ir a realizarse por fin, ante la mirada, sobre el generoso zócalo ileso donde moría la tipografía como las olas tipográficas y litográficas del mar mueren en la playa. Eran todos unos tipos fascinantes o que a mí me fascinaban, pues, como digo, más que escritores e individuos concretos, vecinos de mi misma ciudad —y vecinos prestigiosos—, veía en ellos épocas de la literatura, llegando a una verdadera confusión de los tiempos, de modo que el poeta agrario era ya como Ovidio y todo el mundo de Ovidio, con su cabeza romana de romano que ha venido a parar en mayordomo de los zares de Rusia, y el escritor cosmopolita era todo el romanticismo, enlazando con el satanismo, París y Nerval (gratamente perfumado todo esto de monarquismo alfonsino), y el cura era toda la Edad Media española, bullente de arciprestes rabelesianos, y el poeta puro y maduro era o eran las vanguardias de entreguerras, todo lo que yo empezaba a descubrir en algunos libros que me había prestado Darío Álvarez Alonso, y donde las imágenes se metamorfoseaban a la vista del lector, manteniendo siempre vivo el poema, o sea que aquel señor había vivido los felices veinte, viajando en los veleros de Duffy, cruzando los puentes de París del brazo herido de Apollinaire.

Cada uno venía de su época literaria, de su siglo, de su urna lírica, y se congregaban en aquel patio de yedra, ante mí, los jueves por la tarde, cuando la ciudad andaba neciamente atareada en compras y tiendas, y volvía yo a creer ciegamente en la literatura como en un limbo, mundo aparte, valle de Josafat o reino de justos, sin pensar que cada uno de aquellos hombres sustentaba su porte literario en unas rentas o unos trabajos, pues me bastaba con constatar que existían, que, siendo tan maduros, tenían mi mismo entusiamo adolescente por la literatura. Aquéllos ya no eran los borrosos aficionados del Círculo Académico, sino unos escritores con nombre en la ciudad, y quizá en todo el país, y viéndoles convivir veía yo, asimismo, convivir a las épocas literarias, a los géneros, veía a los genios saludarse de siglo a siglo, como de puente a puente o de carroza a carroza, y pensaba por primera vez, como luego he seguido pensando, que la literatura es el único reino donde nadie se muere nunca, donde Cervantes y Quevedo siguen vivos, donde Melibea y Madame Bovary seguirán pecando, adorables e inmortales, por los siglos de los siglos. La literatura, pues, era mi pasión.

Hasta que pasábamos al interior de la Casa de Quevedo, a una amable sugerencia del poeta campesino, que parecía ser el cultor de todo aquello, y con nosotros entraban las damas, esposas de los poetas y escritores o seguidoras y lectoras cercanas, aquellas pocas damas que habían optado por la cultura y la cojera de Quevedo, desgajándose de tantas otras que, a aquella hora, entraban en la vulgaridad de un cine o en el mareo de una gran tienda de sedas. Las hondas salas, tan restauradas, del edificio, tenían un envigado oscuro y solemne, los muebles eran de una materia espesa y paciente, los cuadros lucían la presencia de un militar-poeta o un poeta-militar del XVIII o el XIX y la soledad había dado a aquellos óleos un grosor que nunca tuvieron, y todo era como un chocolate férreo y medieval, todo hecho de un duro chocolate de siglos con clavos negros de catedral, enormes, y el polvo de los tiempos abría sus páginas eruditas ante nosotros, y las ventanas de recios cuarterones se cerraban como libros ya leídos, o se abrían, y entonces caía sobre ellas y sobre lo que tenían de libro ese rayo de luz mística que cae sobre los libros de los santos, en los viejos grabados, y en aquel clima de museo

91

y sacristía, donde el perfume mundanísimo de las damas luchaba con los olores severos del pasado, todos sentados ya como para tomar el té, un té de la Celestina, entre venenoso y delicioso, Darío Álvarez Alonso ocupaba la tribuna, con la frente de un incoloro casi verde, nimbado y aureolado de juventud e incomprensión, tenso, sonriente con las damas, sombrío ante la posteridad que le miraba, y, con su voz susurrada, doliente y culta, que yo tanto envidiaba, nos leía su Mística y mecánica de lo erótico.

HABÍA un periódico clerical, otro gubernamental y otro liberal, que era el periódico por excelencia, el periódico de la ciudad y de la región, el que había ido siempre por delante de los otros, el que había recibido en sus bosques de tipografía la arboleda de lo porvenir, las brisas de esa arboleda, que es lo que tiene que recibir un periódico bien oreado y aireado, saliéndole al encuentro a la posteridad, echándole el alto en las esquinas, sin esperar a que sea una momia solemne para llevarla a sus páginas. Y aquel periódico se hacía eco algunas veces de las reuniones en la Casa de Quevedo, en mínima tipografía, y en una de aquellas notas, entre los nombres de los actuantes y asistentes, salió mi nombre, equivocado (Fernando por Francisco) y yo no sabía cómo se había filtrado hasta las páginas del periódico, a través de informadores, gacetillas, redacciones, máquinas, imprentas, linotipias, redactores-jefes, mi nombre, que era mi secreto, pues nadie lo conocía, salvo mi familia y mis amigos (el propio nombre es el primer secreto que el hombre porta consigo y, de hecho, lo revela siempre, cuando se lo piden, como si revelase algo íntimo, y no algo meramente burocrático). Tampoco quería saber ni averiguar quién había sido el responsable de aquella gloria mía, de aquella gloria pública, pues prefería creer literariamente en la magia del nombre, el nombre del escritor, ese pájaro pertinaz que se va abriendo paso, unas veces con las alas, otras con el pico, a través de la floresta de las letras y las gentes. (Luego me ha seguido ocurriendo lo mismo en la vida, y de los más grandes o gratos honores prefiero no conocer el mecanismo, como así en el amor, pues si una mujer o un amigo nos explican cómo ha llegado a suceder todo, la explicación siempre es decepcionante, razonable, mediocre, y la gloria, la satisfacción o la alegría quedan empobrecidas.)

Me deslumbró, primero, me ensordeció, mi nombre en el periódico, en aquella letra invisible que nadie iba a leer, salvo los interesados, buscándose a sí mismos, y me paseé por el barrio, luego por toda la ciudad, como si mi nombre estuviese en lo alto de los teatros, buscando en la cara de la gente el reconocimiento de quién era yo, hasta que, fatigado, fui a dar donde tenía que dar inevitablemente, al mercado, para encontrarme con María Antonieta y brindarle generosamente un poco de mi gloria.

Fue, pues, uno de aquellos días en que yo paseé por el mercado desabrochado y feliz, sin nada que esconder, sin capachos ni vergüenzas, pero además cargado con la gloria periodística de mi nombre equivocado en los periódicos. María Antonieta, al verme, bajó de su alto estrado, abandonó su caja registradora y vino a mí, dejando el delantal blanco sobre una banqueta, con un traje más sencillo que de costumbre, hermosa y matinal, y primero pensé que venía a felicitarme, y estuve a punto de decirle ¿has visto?, pero no le dije nada porque me pareció que así era más elegante, esperar a que hablase ella, y ella habló para decirme que qué alegría verme por allí, que cuántos días habían pasado, y cogiéndose de mi brazo me llevó a pasear por el mercado, y comprendí yo que María Antonieta no había leído nada, ni maldita la falta que hacía, pues las hijas adolescentes de las pescaderas enriquecidas no suelen leer las reseñas literarias de los periódicos, y era mejor así, y a medida que dábamos vueltas al gran mercado de forma oval, por entre corderos, verduras, compradoras, mozos, pescados y flores, fui comprendiendo que aquello era algo así como la proclamación de nuestro noviazgo ante el mundo de María Antonieta, ante el mercado, o más bien la exhibición de un trofeo, pues ya había yo recogido rumores, entre los amigos y amigas, de que María Antonieta era una "devoradora de hombres" (incluso un futbolista del equipo local había en su lista), de modo que yo era el nuevo, un burguesito con buen aspecto, un empleado, un oficinista, quizás un poeta, alguien, en fin, a quien valía la pena lucir, una vez que había sido elegido y ungido con un beso en la frente, en la hora sin atmósfera, nocturna y plena, de una noche de verano en la plazuela.

Sí, María Antonieta me estaba exhibiendo, me estaba paseando, porque el donjuán femenino necesita la exhibición como el donjuán masculino, y si yo hubiese sido uno de esos hombres dignos, enteros, me habría desprendido de ella con violencia negándome a ser uno más, pero yo nunca he sido un hombre digno, uno de esos hombres dignos, nunca me he negado a ser uno más o uno menos, de modo que iba tranquilo, sonriente, y apenas hablábamos, pues ella tenía que saludar a todo el mundo y yo andaba muy ocupado de mantener mi porte altivo, ligero y feliz de joven poeta que ha empezado a salir en los periódicos. Y me decía a mí mismo: ella me luce como uno más sin saber que luce una joya. Y después paseamos por el exterior del mercado, por aquel mapamundi de gitanos, exploradores, encantadores de serpientes, charlatanas, timadores, meretrices, guardias, borrachos, lecheros, vendedores de lotería, mendigos y niños enfermos. María Antonieta era como la reina de Saba de aquel reino de miseria: socorría a los pobres, compraba lotería a los loteros, claveles a las gitanas, frascos a los charlatanes, pues ya se sabía que le sobraba el dinero, y acariciaba a los perros, besaba a los niños, aplaudía a los encantadores de serpientes, e incluso había uno que le dejaba la serpiente, una gruesa y vieja serpiente sin veneno, y puede que ciega, que se le enroscaba a María Antonieta en los brazos y en el cuello, revistiéndola de un lujo vivo, de una suntuosidad verde, de unos brillos y colores exóticos que ella acariciaba con su mano de uñas pintadas, como las grandes damas acarician los animales muertos que suelen llevar al cuello en las cenas de los grandes hoteles, y me sentía yo turista en mi barrio, príncipe de aquellas gentes miserables, cobrizas y gimientes. Fue una especie de paseo triunfal, nuestro primer paseo de novios, o lo que fuésemos, algo así como mi presentación en sociedad —en aquella sociedad pustulenta y olorosa—, o la presentación de nuestro noviazgo, de nuestro amor, de lo que fuese aquello, que yo no lo sabía ni me lo preguntaba, como haría siempre en la vida, pues la mejor estrategia, con una mujer y con cualquiera, es no tener estrategia, ir a lo que salga, y la relación con María Antonieta me desbordaba, me superaba, así que, en parte por inexperiencia y en parte por cinismo yo dejaba que pasasen cosas.

Cuando la tribu de los miserables iba recogiendo sus tiendas, flores, animales, ungüentos, tenderetes, loterías, calderillas, oros falsos y platas malas, cuando en torno del mercado iba quedando un rastro de gallo muerto y serpiente enferma, de lechuga pisada y niño orinado, todo recalentándose al sol fijo del mediodía, cuando también el mercado entornaba sus enormes puertas de hierro rojizo, clausurando el recinto de ladrillo, ilustrado de carteles desgarrados, letras enormes y rotas, colores y almagres subversivos, María Antonieta me dijo que la esperase un poco por allí fuera, paseando, y que luego entrase a buscarla a la tienda. Así lo hice.

Eran demasiadas emociones en un solo día, en una sola mañana. Era sábado, día sin trabajo, sin el oscuro faenar con la máquina copiadora, en el sótano frío y hondo, había aparecido mi nombre en los periódicos, aunque equivocado, y María Antonieta me quería.

Tres razones demasiado poderosas, tres soles brillando en uno, un sol de tres yemas (como cuando sale un huevo de dos) y yo no trataba de poner orden en nada, pues no me hubiera sido posible ni tampoco me apetecía, de modo que paseaba lentamente entre despojos, con el abrigo abierto, recibiendo en el cuerpo la brisa fresca de la primavera, que me fajaba deliciosamente, sabiendo que la luz y algo más que la luz brillaba en mi melena de poeta.

Entré en el mercado por las puertas ya entrecerradas, con un candado grande como un corazón férreo de gigante, con unas cadenas de eslabones rojizos y coherentes, poderosos, a punto de trabarse para cerrar definitivamente, y me dirigí a la pescadería de María Antonieta, donde los mozos habían recogido sobrantes, desperdicios y depósitos en las enormes cajas de madera, entre hielo y sal, mientras la dueña de todo aquello, la madre de María Antonieta, se tomaba un café con leche y un orujo en el bar del otro lado de la plaza, antes de subir a casa para darse polvos, colonias, camomilas, ponerse todas sus joyas (al mercado sólo llevaba una pequeña representación del joyel) y convertirse en una señora, en la gran señora que era, abonada a los conciertos municipales con derecho a dormir en la butaca.

María Antonieta se quedaba siempre la última en la tienda, haciendo caja, y cuando me acerqué a ella me dijo, ven aquí, princeso, y me gustó esto de princeso, que era una chulería del mercado más graciosa que príncipe, y yo veía que todavía quedaban por el mercado, en las tiendas semicerradas, mujeres que limpiaban o barrían, ojos que miraban, cabezas que nos observaban, pero a María Antonieta no parecía preocuparle nada de esto y seguía contando y ordenando billetes, unos billetes con escamas, que son los que se ganan vendiendo pescado, y todo en el mercado —gran marquesina de hierro y sol, de luz y vacío—, olía a animal muerto y soledad, a naranja picada y ausencia.

—Ven aquí, princeso.

Me metió dentro de la tienda, y desde aquella altura se veía el mercado como desde lo alto de un navío, y todo olía a mar, a un mar putrefacto, y por un escotillón que había en el suelo bajamos al sótano, temblando en unas escaleras débiles de madera, y el sótano estaba oscuro, sólo iluminado por la luz del escotillón, y en la penumbra me parecía adivinar la fosforescencia de los besugos, el olor de su hiel, la fuerza penetrante de la sal y el hielo, y María Antonieta me acarició la cara y la boca con sus dedos que olían a billetes (llevaba grandes fajos por todos los bolsillos) y luego me metió las manos en el pelo, y pensé que me lo iba a dejar brillante de escamas, y no sabía si me importaba y dijo vamos a irnos en seguida porque están cerrando, y me besó en la boca, contra la pared.

Era como si el beso de la frente, el beso de aquella noche, hubiera descendido a la boca, y ahora tenía en la boca aquel calor y aquel sabor, como los apóstoles de mi historia sagrada, que primero tuvieron la luz en la frente y luego en los labios, para hablar todas las lenguas.

EN los atardeceres más desesperados de la ciudad, en esa hora en que se necesita angustiosamente algo, no se sabe qué, a la salida de las oficinas, a la salida de mi sótano con frío y negras calderas de la calefacción, casi siempre apagadas, como infiernos extintos, cuando no me apetecía nada regresar a casa, al hogar de muertos, enfermos y lástimas, y no sabía nada de María Antonieta, porque ella me veía cuando quería, y tampoco me hubiera servido encontrar a Miguel San Julián (tan lejano ya en su mundo elemental) y no era fácil encontrar a Darío Álvarez Alonso, ni había reunión en la Casa de Quevedo, en los atardeceres con niebla, o frío, o nieve, o una brisa primaveral en las calles y una sensación de fiebre en mis mejillas, tenía ese momento en que hay como un cruce de trenes en la vida, un transbordo dramático, una tristeza ferroviaria y vaga, de modo que la vieja Biblioteca Municipal de la infancia, cuyas luces encendidas podía ver desde la calle, ya no me atraía (me parecía haber leído todos sus miles de libros, y de hecho probé a subir alguna vez, pedir uno al azar, rellenando la ficha, y por supuesto lo conocía, lo había tenido en las manos, de niño, hacía pocos o muchos, muchísimos años). Era una biblioteca acogedora en invierno, fresca en verano, forrada de silencio siempre, punteada de toses y susurrada de páginas que hacían un corto vuelo, y en la que yo, quizá sin saberlo, desordenadamente, llevado allí de la mano por otro niño, uno de aquellos niños extranjeros que trajo la guerra, había puesto los cimientos de mi desvencijada cultura, o de mi vocación literaria, o de mi resignación en los libros, que nunca se sabe cómo llamarlo. Pero no me sentía ya con entusiasmo para subir allí y sentarme a leer un libro sobre el cultivo del café en los países cafeteros, y en cuanto a los libros modernos que había buscado, los de los poetas y ensayistas que empezaban a inquietarme, no los tenían casi nunca, por el natural clasicismo de las bibliotecas, o por razones de guerra y expurgo, o por simples razones económicas. No había entonces adónde ir. (Ya estaba yo abandonando mis academias nocturnas.) Volver a casa antes de la cena era arriesgarse a hacer forzosamente algún recado tardío; pasear por la calle principal, entre dependientes y dependientas, hasta encontrar, quizá, la cabeza clara, pequeña y ligera de Miguel San Julián, era algo en lo que ni siquiera pensaba, y con la congregación había roto desde que el padre Valiño me revelara involuntariamente que no sabía distinguir un verso libre de un verso blanco. Nunca habían publicado mi poema sensual y surrealista, por otra parte, y yo ya hacía otros poemas que quizá fueran menos sensuales y más surrealistas de lo que el padre Valiño podía sospechar. Sabía, en todo caso, que la congregación no iba a descubrirme nada de la tierra, y, lo que es más, ni siquiera del cielo, que al parecer era lo suyo. De modo que acababa metiéndome en el cine.

El cine barato y sin tiempo es el refugio negro y cálido de los que vagamos al atardecer por ciudades de niebla, el rincón vaginal donde el hombre acorralado por la vida va a parar cada anochecer, cuando todo se queda en suspenso y él ve con claridad indeseada que su existencia no va a ninguna parte, que no tiene amigos ni dinero ni amantes ni nada que hacer en todo el planeta. Son esos claros que hace la existencia, de pronto, esos remansos donde se enlaguna el tiempo, ocasiones que debieran aprovecharse para meditar en el propio destino y en el destino de la humanidad, pero que nadie aprovecha, pues nadie quiere ver con demasiada evidencia lo que hay cuando se cierran las tiendas, se van los amigos y se duermen las preocupaciones: nada.

Alguien, viajando por la China antigua, descubrió que los fumaderos de opio no eran ese paraíso de lacas y voluptuosidad que aparece en los grabados de un orientalismo más o menos convencional, sino que eran zahúrdas donde se suministraba opio al pueblo, muy barato, para mantenerle embrutecido frente al poder y excitado para el trabajo, al mismo tiempo. Así pues, la frase que define la religión como opio del pueblo, es una frase redundante por cuanto el opio del pueblo en aquella China antigua, no era otro que el opio. Y quizá, después de la religión, el opio del pueblo occidental ha sido el cine, que embrutece a miles, a millones de seres, todas las tardes, en esas horas vacías de pensar en cambiar el destino, y relaja y predispone para la jornada del día siguiente, al mismo tiempo que excita la imaginación, con sus aventuras fáciles, para emprender de nuevo el trabajo. Había, entre los jóvenes poetas y escritores de la ciudad, aquéllos que, como en todas partes, habían descubierto en el cine el lenguaje de nuestro tiempo, la mística de sus vidas y la erótica de la creación, pero yo siempre les había oído hablar, incluso en el Círculo Académico, con una cierta indiferencia, y sólo por una corta temporada tuve, efectivamente, la pasión cultural del cine, e iba a las películas a perseguir ese plano magistral y momentáneo que no hay que perderse. Pero lo más frecuente en mí es que fuese al cine, solo y vencido, como todos aquellos hombres que estaban a mi alrededor, pueblo puro y confuso, a dormir un sueño de melodías y pistolas, de cabalgadas y teléfonos, de amantes y automóviles.

Decía la pedantería juvenil que el cine era el arte de nuestro tiempo, pero el cine sólo era, de momento, el opio de nuestro tiempo, para la gente derrotada y ociosa que llenaba el local. Y yo estaba allí, durante horas, quieto, cálido, descansado, haciendo el yoga del cine, que consiste en no pensar ni saber que una hora más tarde hay que estar en casa ante una cena pobre y una familia lamentable, ante una cama fría y un sueño duro.

El cine, sí, me aportaba un lirismo de melodía y noche deslumbrante, y todas las estrellas me recordaban ya a María Antonieta, y a los adolescentes que hemos visto mucho cine nos pasa siempre, en el cine interior del pecho, la película incesante de entonces, la cinta alegre y violenta, el celuloide melancólico con barcos que hacían la travesía del Mississippi, automóviles que se tiroteaban en los muelles de Brooklyn, caballos galopando al son de guitarras enamoradas, en la noche californiana, y besos gigantescos, ampliados, como de lámina de floricultura, en los primeros planos de la pantalla. Había que ser en la vida decidido como aquellos galanes de hombros cuadrados, y había que tener mujeres fáciles, frías y rubias como la protagonista de la película, pero el local del cine olía a empleado pobre, a merienda comida en secreto, a familia numerosa que ha ido al cine, a calefacción y abrigo viejo, de modo que el cine, que lo tiene todo menos el olor, tenía así una densidad de olores en su argumento, y gracias al cine sabía yo, o descubría por primera vez, el lirismo de las calles nocturnas con lluvia, de los claros de luna sobre el cadáver de un caballo blanco, de los puertos con niebla donde un hombre y una mujer se encuentran y se besan mientras un lento y sonoro barco trae la noche o se lleva el día.

A veces, me encontraba en el cine a Miguel San Julián, a pesar de todo, o me había llamado él previamente a la oficina, por teléfono, para ir al cine, y estábamos juntos allí, viendo una película de acción, y nuestra amistad duraba lo que duraba la película, como el amor de esos novios que no tienen nada que decirse, pues ya ni para hablar de mujeres me servía Miguel San Julián, una vez que había optado yo por la cultura, lejos de su vitalismo elemental, y el sentimiento que tenía hacia él era meramente literario, el recuerdo de unos días lejanos y cercanos, de unos domingos supervalorados por la memoria, en que habíamos sido jóvenes, ingenuos, frescos, puros y andarines. Pero sólo eso.

En los momentos en que la luz de la pantalla era más clara, cuando la acción de la película se ponía tensa, miraba yo de reojo el perfil del joven obrero, su pelo casi blanco a la luz blanca del cine, su pupila, sólo veía una, clara y vacía de penetración, y él sí absorbía la película, la vivía, y toda aquella acción concentrada de la cinta, a la que asistía quieto en la butaca, tendría que desahogarla luego en el trabajo, en la calle, cantando a gritos o persiguiendo muchachas, y así era feliz. Le envidiaba una vez más.

También había el día en que María Antonieta decidía llevarme al cine, o que la llevase yo a ella —venía a ser lo mismo—, y al principio esto creó dificultades, porque María Antonieta quería ir a cines más caros que los que yo frecuentaba y, por otra parte, solía hacerlo con una frecuencia que a mí no me estaba permitida, que no le estaba permitida a un traficador clandestino de carbón de cinco en cinco kilos.

Pero María Antonieta, que indudablemente estaba curtida en hombres, comprendió pronto todo esto y el cine lo pagaba ella, cosa que a mí me parecía muy bien, de un satanismo ejemplar, pues sabía que ni Cristo-Teodorito ni nadie de la congregación, ni siquiera del Círculo Académico, había consentido que le pagase ni el cine ni nada una mujer. Además, María Antonieta se iba cansando de exhibirme, y esto no quiere decir que se hubiera cansado de mí, sino que yo ya había causado la sensación que tenía que causar —probablemente ninguna— entre los que la admiraban o criticaban de lejos y de cerca, de modo que la ternura y la intimidad iban pudiendo más que el exhibicionismo, y ya no me llevaba tanto a aquellos cines de estreno donde podíamos ser un espectáculo como pareja, no sé si por lo ajustado o desajustado de los tipos, respecto uno del otro, sino que prefería aquellos cines de barrio, íntimos, pobres, oscuros, cines de media tarde, casi clandestinos, de sesión continua y programa doble, donde en

seguida se olvidaba de la película para vivir conmigo
un amor apasionado, de butaca a butaca, un amor de
besos cinematográficos y caricias que eran como
el ensayo general, la prefiguración y el reflejo de lo
que podía hacer aquella criatura con un caballero
desnudo.

Y, del mismo modo que cambió los cines brillantes y
céntricos por cines sórdidos y obreros, cambió en
parte su ropa para salir conmigo, y se vestía de una
manera más sencilla, más grata, con lanas oscuras e
incluso con medias por la rodilla, a veces, pues no sé
por qué había decidido vivir aquel amor, no en
vamp, que era lo suyo, su precocidad, sino en colegiala enamorada.

Yo la prefería así, pero me cuidaba mucho de decirle
nada, pues el solo hecho de que yo hubiese reparado
en su voluntario empobrecimiento podía hacerla volver a los resplandores (así funcionan algunas mujeres). Claro que llegaba el domingo y a pesar de todo
volvía a haber resplandores, María Antonieta refulgía
de brillos, sedas, joyas, colirios, diademas y uñas
lacadas, y junto a ella yo me sentía oscurecido con mi
ropa de empleado modesto, de poeta pobre, de hijo
de familia que va al caos. Pero llegué a compensar
todo esto, en un gesto de osadía dannunziana, completando mi astrosa y esbelta figura con un par de
guantes viejos, amarillos e ilustres que había encontrado por casa, y que porté en la mano, con mucho
agrado por parte de ella, entrando así en la platea de
un teatro iluminado con luces de provincia, en una
noche de estreno.

POR el contrario, había temporadas, en el buen tiempo, en que la tentación no era el cine, sino el monte, aquel monte al noroeste de la ciudad, un sitio adonde me habían llevado mucho de niño, y adonde yo gustaba ahora de pasear mis soledades de poeta, pues el adolescente vuelve sobre los pasos del niño que ha sido, que acaba de ser, haciendo así una nueva lectura de la niñez, del mundo de la niñez, y viéndolo todo a otra luz, de otra forma, con ese revisionismo constante que es la vida, y que consiste en hacer siempre las mismas cosas, pero creyendo que hacemos otras. Luego, el adulto relee o revisa la vida del adolescente, y el maduro la vida del joven, y el viejo la vida entera, y el hombre está repasando siempre el libro de su vida, en el que todos leemos, pues lo vivido se va tornando novela, el pasado se consagra solo y nos va consagrando.

Hay en el adolescente una repugnancia o una ternura hacia su infancia reciente, y en aquel monte había estado yo en los domingos de la infancia, cuando las excursiones familiares, y ahora podía ver, desde lo alto, la fábrica de harinas del abuelo (o donde trabajaba el abuelo), ya parada y muerta, y trataba de distinguir entre las huertas de allá abajo la huerta donde antaño jugábamos, sintiendo con dolor que ya no existía, que el tiempo la había borrado, que seguramente era un erial, como si me hubiesen robado una pieza de mi pasado, y también veía el río, lejano, ancho y luminoso, y el puente, y la larga carretera por la que veníamos andando todos los domingos, excepto cuando había alguien enfermo o cojo en la familia, y entonces tomábamos el autobús. Pero ya la carretera no era tan larga, y la visión geográfica de mi vida, con montes y valles, con ríos y nubes, con cielos y caminos, era, al fin y al cabo, la única visión que podía tener de ella y de mí mismo, pues a medida que el tiempo se nos pierde y huye, se va trocando en geografía, y no es verdad que no deje nada, el paso del tiempo, sino que nos deja unos paisajes, unos lugares, unos colores y unas luces que son el cuajarón de ese pasar, de ese tiempo que creemos perdido, paisajes y lugares, colores y luces que antes no teníamos, porque los leíamos de otra forma o ni siquiera los leíamos. El tiempo, sí, se transmuta en geografía, y lo que perdemos en tiempo lo ganamos en espacio, y las horas perdidas de la infancia están ahí, en las copas de los árboles, y quizá son esos hilos de plata, de luz, que brillan de rama a rama, de hoja a hoja, porque en esos árboles, en esa arboleda cuaja algo que entonces no había, y ahora somos más dueños de todo, ya que todo nos habla, nos enriquece y nos habita. Así, el canal largo y curvo que cruzaba los campos de mi infancia, aquel canal lento y limpio, como un río mejor trazado, y por donde el cielo iba más claro, el aire más limpio y la tarde también más hermosa.

Se llegaba a la falda de aquel monte atravesando tribus de gitanos, caseríos de pobreza, chozas y chabolas que ascendían por las cuestas y en seguida quedaban atrás, y siempre había un viejo haciendo una hoguera en la arboleda, en torno de la cual saltaban sus nietos como pieles rojas, y el paso por aquel mundo de miseria, que de niño sólo me había producido miedo, ahora me hacía pensar en la pobre justicia de los hombres de la ciudad, que estaba tan cerca y tan lejos, en aquel mundo oficial de palabras y fotografías, sin fuerza ni memoria para llegar al extrarradio y lavar el dolor de aquellos niños desnudos y aquellas madres rajadas.

Había también una estación de ferrocarril, un pequeño ferrocarril de vía estrecha que recorría campos de trigo y cruzaba ríos secos, y allá abajo estaban, como juguetes de mi infancia, las máquinas románticas (hay un romanticismo férreo e industrial), los vagones olvidados en las vías cruzadas de hierba, y por un momento temí que el tren ya no funcionase, pero de pronto apareció por detrás de la montaña una locomotora presurosa y humeante, arrastrando un tren de mercancías y viajeros, con el sol brillando en las ventanillas o dando botes en el metal de los grandes bidones que transportaba, y me fue cómica y emocionante aquella aparición, divertida y tierna, de modo que me conmoví, y el tren que me había fascinado de niño, el tren de película aventurera que iba como por libre, buscando caminos a capricho, era ahora un pequeño tren de recorrido breve, un tren que moriría pronto, según había leído yo en los periódicos de la ciudad, un afanoso e inútil viaje dentro de los límites cortos de mi propia vida.

En los barrios gitanos de allá abajo se traficaba en caballos y en mujeres y de vez en cuando había una reyerta nocturna con navajas y sangre, y los periódicos hablaban de ello, nunca demasiado, y a mí me atraían aquellas noches violentas, con luz de filo y de candil, entre el río y el tren, entre la ciudad y el campo, y ahora me preguntaba ya por qué los gitanos eran una ciudad aparte, un mundo aparte, una raza maldita, por qué sólo se remediaba aquello, de tarde en tarde, con unas detenciones y una nota en el periódico, por qué la ciudad estaba partida en dos mitades, una blanca y la otra cobriza, y qué sentido tenían las reuniones del Círculo Académico, de la Casa de Quevedo, las salves de la congregación y los estrenos donde yo lucía mis guantes amarillos, al lado de María Antonieta, mientras a tres kilómetros de todo aquello había otra cultura, otro siglo, otra raza durmiendo entre hogueras y comiendo las sobras de los mercados. No era sólo la injusticia social: era también la crítica de nuestra vida que implicaba aquella otra vida, el cómo nos ponían en cuestión los gitanos, con sus piojos y sus mulas, ya que nuestro mundo, hecho de rotaciones y vocabulario, hecho de helados de fresa y bailes iluminados, no era todo el mundo, y la redondez del planeta, la armonía de las esferas y la coherencia de las palabras quedaban entre paréntesis con sólo pensar que muy cerca teníamos a los hombres oscuros que se regían por otros ritos, otras imágenes y otra forma de hacer el amor.

No éramos el centro del mundo, pues, no lo era nuestra pequeña ciudad compacta de teatros y cafés, de consistorios y conventos, y esto mismo podía pensarse de toda la cultura occidental, de toda Europa (la Europa, como decía Darío Álvarez Alonso con fascinación, en sus disertaciones) puesto que de una ojeada podía verse, en los globos del mundo del padre Valiño, que Europa estaba rodeada de mares glaciales, de continentes extraños y de religiones remotas.

Estas consideraciones empequeñecían mi cultura, me hacían dudar de mis versos, que yo hubiera querido henchidos de viento universal, como todo poeta joven o viejo, pero que sólo eran unos signos convencionales para entendidos con una copa en la mano. Con sólo dar un paseo hacia el norte, saliendo de la ciudad, el universalismo de mis versos, e incluso el universalismo de las disertaciones de Darío Álvarez Alonso dejaba de tener sentido. ¿Cómo leerles todo aquello a los gitanos? La cultura es un valor universal sólo en la medida en que entendemos el universo como un valor cultural. En cuanto topamos con el universo real o con los gitanos de las afueras, la cultura pierde, no sólo universalidad, sino sentido. Pero la cercanía del cielo, la violencia del viento, los excesos del espacio y el panorama de mi vida, con el campo pobre y sabido a mis pies, y la ciudad al fondo, me exaltaban líricamente, inevitablemente, y recordaba ese momento en que todo gran escritor se ha subido a una montaña —Nietzsche, Unamuno, Machado—, para mirar desde allí el mundo, para superar el planeta e interrogar al cielo.

Yo, al cielo no tenía nada que preguntarle, y ese gesto de los escritores en las cumbres me había parecido siempre un gesto de lámina, de una grandiosidad convencional, pero no podía evitar, en aquellas tardes del monte, después de haber bebido agua en una fuente popular —un agua fresca de tierra y templada de sol, como dos chorros trenzados en uno—, la invasión lírica y la impaciencia por bajar a las calles y meterme en un café a poner todas aquellas imágenes en verso.

Así se iba pasando la tarde, como si alguien retirase inmensas sábanas del campo, y los pájaros estaban a la altura de mis ojos, no tenía que levantar la cabeza para verlos, y eran unos pájaros lentos, sosegados, de vuelo como muy meditado, que iban abriendo la circunferencia del tiempo, mientras la noche se levantaba por el este como un espectáculo sombrío, envolviendo a la ciudad en un auto sacramental de la luz.

Monte abajo, volvía lentamente a la ciudad, transfigurado de vientos, sintiendo que aquellas excursiones solitarias eran muy de poeta, y a medida que me acercaba a las calles, a las luces, algo acogedor, cálido y grato, un poco nauseabundo, me iba envolviendo, de modo que ya estaba otra vez en lo mío, y adivinaba la tibieza de los cafés y las luces de las plazas, pero adivinaba también la cercanía del hogar y del trabajo. Entraba en la ciudad por calles estrechas, enlaberintadas de conventos, a la hora en que oscuros racimos de mujeres enlutadas regresaban de la iglesia a casa, trayendo en las manos un poco de tomillo o alguna flor de los altares que perfumaba al pasar. Dejaban de oírse las campanas y empezaban a escucharse los relojes de las torres, y en los rincones había parejas de sombra, como en mayor clandestinidad y delito de los que en realidad cometían, y pasaban perros, esos perros insomnes que se ve que no van a dormir en toda la noche.

Llegaba a la plaza y entraba en el café de más luz,

aquel café con tratantes y bailarinas, como queriendo recobrar de golpe toda la ciudad, mi aura de poeta cosmopolita, urbano, pero la montaña seguía dentro de mí, ligera, honda, oscura, y de vez en cuando me acordaba de aquella tarde, que había sido una tarde lírica, sola, una tarde impar que no parecía de mi vida. Y llevaba dentro las voces del campo, esas voces que llaman a alguien, muy lejos y muy lentamente, y los ladridos de perros que sólo pueden venir del cielo, todo lo que en el campo había oído sin oírlo, y que ahora me enriquecía secretamente. Pero tratar de ponerlo en verso era convencional y prematuro. Estaba ya jugando a poeta, estaba falseándome, estropeando lo que de cierto y puro pudiera haber en aquella excursión. De modo que tomaba mi café con leche, sentado en uno de los divanes rojos y pajizos, entre tratantes de ganado, estudiantes golfos y viejas meretrices, mirando a las bailarinas en su alto tablado, aquel revuelo de tela pobre y muslos feroces, aquella fiesta barata de flamenco cansado y bragas rojas. Había sido un día intenso, sentía que mi vida era intensa por cómo el empleado de por la mañana se había metamorfoseado en Nietzsche-Unamuno a la tarde, sobre una cumbre, y volvía a ser ahora un poeta maldito, un Baudelaire de café con leche, quizá incluso con mis guantes amarillos sobre el mármol marcado del velador, como la melena verde de Baudelaire o el paraguas rojo de Azorín. Había sido muchos hombres en un día, demasiados hombres, y retardaba el momento de volver a casa a dormir, aunque tenía que madrugar, y me preguntaba si estaba representando una comedia, si algo de todo aquello

113

era verdad o lo iba a ser algún día, y llevaba en el fon
do esa duda radical y vaga que es la duda sobre uno
mismo, sobre la propia sinceridad, el no saber si uno
se está engañando voluntariamente, ese final falaz y
triste que hay dentro de uno.

LA vinatería de Jesusita, la bruja vinatera, era un sitio profundo y húmedo de vino, un lagar maldito, todo de penumbra roja, vinácea, donde Jesusita despachaba vino al por mayor y también algunas botellas a los vecinos, mientras sus padres atendían otra vinatería más importante que tenían en otro barrio de la ciudad. Jesusita, la bruja vinatera, era una chica de un pálido oscuro, sucio, de un moreno blanquecino, enfermo, con muchos granos, espinillas, barrillos y cosas en la cara, toda aceitosa de rizos negros, con los ojos penetrantes (no hondos) y la boca cruel y pequeña, y la voz viva y siempre como un poco airada. Jesusita vestía siempre de negro, algo así como los lutos arrugados de su madre, y de vez en cuando se dejaba unos escotes en pico por donde aparecía el nacimiento seco de sus senos, todo de manchas amarillas y puntos negros. Sin embargo, Jesusita tenía aquella tarde allí, con ella, a Miguel San Julián, a quien por fin había conseguido atraer a su vinatería, nunca supe cómo, y allí estábamos los cuatro, pues María Antonieta también me había citado en la vinatería de Jesusita, y ésta había trancado la puerta por dentro, con mucho jaleo de cerrojos y estacas, y en las altísimas habitaciones, que eran una mezcla de bodega, despacho de vino y almacén, había una lejanísima bombilla que no nos iluminaba apenas. Estábamos sentados en pellejos y cubas de vino, y Miguel San Julián me miraba a veces con una complicidad que yo no sabía si quería decirme que por fin nos estábamos corriendo nuestra gran farra, la que habíamos perseguido tantas veces, inútilmente, en los domingos tristes del invierno. Jesusita nos servía vino rojo y oscuro de

115

una frasca cuadrada, como aquellas que usan en las tabernas, y todos teníamos en nuestras manos unos vasos gordos, anchos, toscos y hermosos. María Antonieta rizaba el dedo meñique, como una voluta de exquisitez, cada vez que se llevaba el vaso a los labios.

Jesusita iba y venía, subía y bajaba, y de pronto se perdía escaleras arriba y aparecía su cabeza por una alta y estrecha ventana, como en las pinturas de no sé qué pintor, y era una cabeza como degollada, obscena, cruel y parlanchina. Cuando estuve suficientemente mareado por el vino, toda la atmósfera roja de la vinatería, a la luz de aquella bombilla remota, fue perdiendo o ganando dimensiones, y sólo sabía yo que tenía unos deseos intensos y cálidos de hacer el amor con María Antonieta. Jesusita se sentaba en las rodillas de Miguel San Julián, y luego se levantaba y se iba, y no se estaba quieta, pero pude advertir que mi amigo había cambiado y mejorado en su trato con las mujeres, que su mano era segura y cínica bajo la falda de la pequeña bruja. Subimos o bajamos escaleras abodegadas, no sé, siempre respirando la atmósfera turbia y coloreada del vino, aquella humedad roja que se extendía por las paredes, por el aire y por la luz.

Luego estuve solo en una habitación que era como un panteón medieval, como una tumba de madera negra, con mucho envigado, y toda la penumbra densa de barriles, cubas, pellejos henchidos de vino y pellejos vacíos, que colgaban del techo como sombras de ahorcados, como la extraña piel de un ser entre humano y animal, y en seguida vino María Antonieta y me besó en la boca. De modo que se trataba de eso, de seducirnos y violarnos a mi querido amigo y a mí, así que me senté en una cuba, entre impaciente y resignado, mientras María Antonieta casi se me volcaba encima, y sus manos anduvieron entre mi ropa con más presteza y habilidad que nunca. Al fondo de la estancia, bajo una bombilla tan escasa como la otra, había como un gran barreño de madera, como una cuba cortada y llena de vino, que ya había visto yo otras veces en otras vinaterías y almacenes de vinos, y yo miraba la bombilla y quizás no estaba todo lo asequible que María Antonieta esperaba, pues se echó hacia atrás y dijo, bueno, princeso, voy a ver si te animo un poco, que no quiero que me hagas ascos, princeso, y empezó a desnudarse, a cinco pasos de mí, empezando por desalojar toda la bisutería (sin duda, de precio) que llevaba encima, dejando sobre una cuba aquel montoncito de brillos, pendientes, collares, joyeles, diademas, sortijas, pulseras y cosas, y le dije así estás más bella, María Antonieta, así estás mejor, más tú, más niña, más mía, más no sé, y ella me dijo estás borracho, princeso, pero yo no estaba borracho, o al menos eso le dije.

María Antonieta se quitó con mucho cuidado una cinta del pelo, como si al hacerlo se le fuese a caer rodando la cabeza, siempre un poco hierática, y le dije me gusta tu cinta, y se echó a reír, y luego se quitaba el vestido, retorciéndose mucho por las estrecheces de la ropa, y desprendiendo con todo cuidado los botones, herretes, corchetes y cosas que llevan las mujeres en sus ropas, y quedó con una enagua corta, blanca, casi infantil, y así me gustaba más que nunca, y también se quitó los zapatos de señorita, con aquellos tacones finos que se llevaban, y luego las medias con ligas, pues se había vestido concienzudamente, siendo así que pensaba desvestirse en seguida, conmigo, en la vinatería, y aprendí para siempre, aunque estuviese borracho (que no lo estaba) que las mujeres se visten más el día que más prestas están a desnudarse.

Me gustaba así, con el pelo suelto, con la enagua blanca, con la carne más morena o más pálida de lo que yo había imaginado, con las piernas desnudas y los pies descalzos, otra vez infantil, niña, ninfa, sin todo el odioso revestimiento de madurez y riqueza que se ponía encima para salir a la calle. Y luego se sacó la enagua por la cabeza, y ya no sonreía, estaba seria, como ganada por la gravedad del momento, y yo pensé en el futbolista del equipo local que sin duda también la había visto desvestirse de esta forma, y a pesar de todo tenía un cuerpo de niña, cuando se deshizo de sus claras y finas y transparentes y breves lencerías interiores, y la adolescencia se le delataba en la brevedad del seno, en la levedad de las caderas, y no me abrumó su desnudo, como había temido, sino que la encontré más asequible, más buena, toda de claridad y temblor contra la penumbra de vino y sótano.

María Antonieta dio unos pasos, casi de puntillas, hacia aquella especie de gran barreño lleno de vino, y se metió dentro, y el vino le llegaba por debajo de las rodillas, y estaba con los brazos cruzados sobre el pecho, cogiéndose los codos, como si la fuesen a bautizar con vino, y a mí me recordaba no sé qué láminas, no sé qué libros, no sé qué cuadros, ¿vienes? dijo, y se sentó dentro del vino, que así le llegaba por las caderas, y salían de aquel baño de vino sus senos tenues y sus rodillas fuertes, luminosas, ¿vienes?, y me desnudé y me metí en el barreño con ella, y era divertido estar allí, y nos besábamos, y nos salpicábamos con vino y nos dábamos a beber vino, uno al otro, en el cuenco de las manos.

No sé en qué momento salimos del vino y nos echamos sobre un camastro que yo no había visto, y que quizá no fuese sino un montón de pellejos vacíos, con una manta encima, y su cuerpo estaba amargo de vino, pero la besé con minuciosidad, la devoré con devoción, como luego ella a mí, de modo que a ratos nos reíamos y a ratos jadeábamos, y diminutas gotas de vino nos brillaban entre el vello, aún, y debajo del sabor del vino estaba el sabor blanco y joven de su cuerpo, y probé a poseerla y a ser poseído, y al final me acariciaba el pelo con ternura, estás manchado de vino, decía riendo, y aquello era tan obvio que era divertido que lo dijese, y yo miraba la pequeña bombilla, como un fruto mezquino, intensa de pronto como un sol mientras cerraba los ojos y me decía que había ido hasta lo más hondo de una mujer, más allá del tiempo y del espacio, porque poseyendo a una mujer se posee algo más, algo que ya no es ella, la dimensión desconocida, esa entidad de sombra y luz, de fuego y velocidad, que anda presentida más allá de la vida, ese vacío tan colmado, esa plenitud tan ligera en la que uno cae como en una muerte que no fuese la muerte, sino esa cosa dulce y vertiginosa que debiera ser la muerte.

Nos lavamos los cuatro, desnudos, en una gran pila, bajo un grifo del que salía un agua muy fría, y aquello debía ser el sitio donde limpiaban las cubas o los pellejos, o donde aguaban el vino, o quién sabe, y salimos de allí muy tarde, muy de noche, María Antonieta y yo primero, porque Jesusita no quería que saliésemos los cuatro juntos, para no escandalizar al barrio, y porque quería quedarse a cerrarlo todo bien cerrado, de modo que cuando me volví, ya en la calle, hacia la penumbra de la vinatería, para un último adiós, todavía creí ver las pupilas claras y rientes de Miguel San Julián, que me despedían con su simpatía sencilla y nocturna. María Antonieta y yo caminamos hacia la plaza y nos sentamos en aquel banco donde ella me había besado en la frente, hacía algún tiempo, y me tomó una mano.

—¿Vas a casarte conmigo?

No esperaba eso de ella. Guardé silencio.

—Me gustaría casarme contigo— insistió.

Seguí en silencio y luego dije:

—Creía que eras una devoradora de hombres.

Se echó a reír y luego me besó en la boca.

—Sí —dijo—, soy una devoradora de hombres.

Pero al joven poeta maldito de guantes amarillos no le apetecía convertirse en el marido (y seguramente el contable) de una joven pescadera que pronto iba a heredar la pescadería más cara y más importante del mercado (en cuanto a su madre le golpease el orujo en el corazón un poco más fuerte que de costumbre).

—No estás enamorado de mí.

—Sí —dije.

Sí que estaba enamorado. O no. Y el no saberlo me torturaba.

—Tienes un empleo. ¿Por qué no podemos casarnos?

Mi empleo no daba para todos aquellos brillos que ella había vuelto a colgarse encima. Pero, sobre todo, yo no quería mi empleo, ni otro mejor, sino mi destino de poeta solo y solitario.

—¿Qué te pasa?

No le iba a explicar a ella que yo era o iba a ser poeta y que un poeta no puede estar ante la caja registradora de una pescadería, todas las mañanas, en el mercado, mientras su joven esposa da el pecho, en casa, a los niños que van teniendo. Me aburría hablar de dinero, y temía que me dijese lo de la pescadería —pues estaba en el aire que mi empleo era ridículo—, pero no lo temía por dignidad, sino porque me llenaba de un envilecimiento mediocre, nada grandioso, el estar hablando de aquellas cosas, y no sabía cómo explicarle a la hija de la pescadera que hay que ser sublime sin interrupción, entre otras cosas porque yo mismo no había llegado aún a plantearme lúcidamente que hubiese que ser sublime sin interrupción, como lo era mi primo, por ejemplo, agarrado a su laúd en la habitación azul.

—Es igual —dijo—. Te quiero.

Y seréis condenados y arderán vuestros cuerpos, porque así está escrito, y gemiréis en lo hondo y llorará vuestra carne impura y el fuego se enroscará en vuestras almas negras, en vuestra pasión lasciva, hasta consumirla, y una pululación de ojos en blanco, como una mejillonera, atendía a las palabras fulgurantes de la boca sagrada, desde la penumbra catacumbal, mientras el padre Tagoro, allá en lo alto del púlpito, teniendo como fondo la hoguera quieta y barroca del altar, chispeante de divinidad, daba sus ejercicios espirituales para ciegos.

Religión de esclavos, dijo el otro. Y de ciegos, se le había olvidado añadir. El padre Tagoro, aquella figura brillante de la congregación del padre Valiño, daba todos los años, por cuaresma, unas tandas de ejercicios espirituales muy concurridas en la ciudad, y así, había ejercicios para casados, para solteros, para jóvenes, para viejos, para enfermos, para religiosos, para religiosas y también para ciegos. "Son los más edificantes", decía la gente. Los ejercicios espirituales pa a ciegos eran los más edificantes de todos. Y Cristo-Teodorito había conseguido entrarme directamente.
—Lo tuyo se sabe en todo el barrio.
—¿Y cuál es lo mío?
—Lo tuyo con María Antonieta. No añadas el cinismo al escándalo.
(Cristo-Teodorito, a veces, usaba frases de sus confesores.)
—Y qué.

—Da gracias a Dios de que no se sepa en la congregación.

—Ah, la congregación.

—Yo he procurado evitarlo.

—El padre Valiño no sabe distinguir un verso libre de un verso blanco.

—Con toda su sencillez, sabe mucha patrística.

—No me ha publicado el poema en la revista.

—Por eso has dejado de ir por allí. A los intelectuales os pierde siempre la soberbia.

(Era lo que mi abuela decía de Unamuno: la soberbia de los intelectuales.)

—La congregación es una cosa de niños buenos y de niños malos. No sé si de niños buenos que juegan a malos o de niños malos que juegan a buenos. Creo que de niños gilipollas, en todo caso.

—No ofendas a la congregación, que es parte de mi vida.

—Perdona, pero la congregación es una mierda.

—Te perdono y pongo la otra mejilla, pero escucha ahora.

(No pude evitar el mirar sus mejillas saludables, un poco alargadas, sin barba aún, pero ya con una configuración muy masculina. No tenía ninguna conciencia ni tampoco ninguna intención de estar abofeteando aquellas mejillas. Qué fatiga. Pero, a veces, Cristo-Teodorito podía resultar exasperantemente evangélico.)

—Lo mío con María Antonieta no le interesa a nadie, salvo a quienes tengan envidia del asunto.

—No te voy a pedir que la dejes. No soy quién para hacerlo.

(Estábamos en mitad de la calle, por cualquier esquina del barrio. Olía a cagajón de caballo, que era el olor saludable del mediodía en mi calle, y a lilas primerizas de cuaresma.)

—Sólo quiero que hagas este año conmigo los ejercicios espirituales.

—¿Los del padre Tagoro? Te lo ha dicho el padre Valiño.

—El padre Valiño tiene otras cosas en qué pensar.

(Era una manera fina de decirme: no piensa en ti para nada, no interesas a la congregación.)

—A lo mejor está pensando la diferencia entre un poema en verso blanco y un poema en verso libre.

—Ya sabes que eres irónico e ingenioso, pero te estoy pidiendo en serio que vengas conmigo a los ejercicios del padre Tagoro.

Cristo-Teodorito era el niño rubio que salvaba almas de niños menos rubios por las esquinas del barrio.

—Estamos en cuaresma— insistió, como dejando caer el gran argumento, aquella primavera sagrada y densa, aquellas abundancias cíclicas de la naturaleza, que la religión, todas las religiones, han querido utilizar siempre como argumento a favor, con escandalosa desamortización de los bienes que son del cuerpo y de los sentidos. Cristo-Teodorito me mostraba el mundo, que lucía en sus ojos nobles, y parecía como si la hermosura del mundo nos obligase a pagar un tributo por disfrutarla: el tributo era no disfrutarla. Religión de esclavos, dijo el otro. Y de ciegos, se le olvidó añadir, repito, porque adonde Cristo-Teodorito quería llevarme era a los ejercicios espirituales para ciegos.

—¿Los ejercicios de los ciegos? —dije, ahora ya asombrado, más que irónico.

—Son los más edificantes.

(Era inevitable que lo dijese.)

—Pronto voy a ser miope —dije con más tristeza que ironía, porque los ojos se me cansaban mucho leyendo—, pero me parece prematuro que me lleves con los ciegos.

A pesar de todo me llevó. Pensé, de pronto, que aquello podía ser una experiencia. (Hay una edad en que todo se considera que son experiencias: el adolescente cree que está experimentando, y lo que está es, sencillamente, viviendo.) El padre Tagoro era el orador sagrado de aquellos años, el hombre que salvaba almas en racimos gracias a su verbo violento, que oscilaba entre la metáfora y el insulto. El padre Tagoro tenía el perfil apretado (un poco como el de Dante, pero sin nobleza) y hablaba profundo, escondiendo los ojos debajo de las cejas, y pasaba de la increpación nerviosa a la descripción solemne, y dejaba a las familias contritas, metidos unos contra otros, dándose calor y valor para seguir juntos hasta ser rescatados en bloque por una nube del cielo o condenados en bloque —juntos por lo menos— dentro de una caldera del infierno, que yo seguía viendo, a pesar de todo, como las grandes calderas de la calefacción que había en el sótano de mi oficina, casi siempre apagadas por escasez de carbón (era época de escaseces) como debían estarlo las del infierno, quizá por escasez de parroquia, como cuando en el cabaret no llegan a encender los grandes luminosos, y sólo las lámparas de mesa, porque ha flojeado el personal. Así que en el anochecer morado y neblinoso, cuando yo salía de la oficina, me encaminaba hacia la calle estrecha y larga donde estaba la iglesia, allá por el barrio universitario, donde el padre Tagoro daba sus ejercicios espirituales para ciegos, que eran los más edificantes y, por otra parte, la única tanda que le quedaba ya por dar en aquella cuaresma. Resultaba que yo, que tanto había pecado e iba a pecar con la vista, por las malas lecturas y las muchas mujeres que había albergado y seguiría albergando en la retina, iba a salvarme y ganar el cielo con una manada de ciegos.

Los ciegos llegaban presurosos y en oscuros enjambres, guiándose unos a otros, por todas las callejuelas adyacentes, con el ruido de sus bastones y el murmullo de su conversación incesante. Eran ciegos pobres, callejeros, astrosos, o ciegos jóvenes, muy peinados por su familia antes de enviarles a los ejercicios, ciegos de ojos en blanco y bastón inquieto, ciegos de párpados cerrados y manos extendidas por delante, ciegos de cabeza caída y acompañante piadoso, ciegos de pasarles la calle y grandes ciegos millonarios a los que traían en largos automóviles negros con chófer, porque no hay una democracia de la ceguera, y había ciegos niños que me llenaban de estremecimiento y ciegos viejos que empujaban con odio a la gente de las aceras, usando los codos donde no podían usar los ojos. Ciegos con todo el blanco de la noche en sus globos oculares sin luz, ciegos con la boca anhelante, como si viesen por ella, pues cada ciego ve por otro sentido, en pura sinestesia, más dramática que lírica, y se advertía en seguida el ciego que veía con la frente alta y sensible, el que veía con la barbilla avanzada y

126

voluntariosa, el que veía con las manos finas y extendidas, el que veía con el bastón o con los pies y también ese ciego, rebujón de ceguera, que no veía absolutamente nada y se dejaba llevar por la corriente, dormido dentro de su ceguedad. O sea que yo estaba allí, llevado por el oleaje ciego de los ciegos, para purgar mi pecado (el claro pecado de vino y nata que era el cuerpo de María Antonieta) en la gran expiación de los ciegos.

Cristo-Teodorito me esperaba todas las tardes a la puerta de la iglesia, alta su cabeza alta, viéndome venir por sobre la marea de ciegos y acompañantes de ciegos, como del otro lado ya de la vida, quizá en el sábado anterior al Juicio Final (que hay que suponer que será en domingo) viendo con alegría que su amigo y su doble malo, negro, se había salvado y venía entre los justos, ciego de pecado entre los ciegos que veían con los ojos de la Gracia, dándome ya por liberto en el cielo gracias a aquel gesto de acudir a los ejercicios espirituales. Su celo me inspiraba ironía y respeto, de modo que procuraba cumplir. Y una de aquellas tardes, al entrar en la iglesia, cerca de la gran pila de agua bendita (hermosa pila románica, traída desde otro sitio, sin duda, desde una fuerte y pétrea catedral de la Edad Media, a aquella capillita churrigueresca y rococó, como un mamut vivo en una tienda de elefantes de peluche), creí ver en la penumbra el rostro bonancible y redondeado del padre Valiño, cuyos ojos reían con complicidad a Cristo-Teodorito, por la oveja salvada que debía ser yo.

Los ciegos acudían allí emocionados y premiosos como si por fin fueran a ver, y efectivamente veían, gracias a la retórica del padre Tagoro y a la magia del ambiente, veían un infierno llameante y luego un cielo azul, una sucesión de rojos y azules que para ellos —ignorantes quizá de lo que era el rojo o el azul—, debía ser toda una cosmovisión, una fiesta de colores como las que disfrutábamos María Antonieta y yo, en el cine de los domingos, con las primeras películas cromatizadas que iban llegando al país y a nuestra ciudad.

El predicador les llenaba de terrores, a los ciegos, cuyos pecados están absueltos siempre por la ceguera, por la tiniebla inocente en que los cometen, por la luz blanca en que viven, y les añadía infierno a ceguera, para luego hacerles ver el cielo como una bahía un poco pálida y sin oleaje. Los ciegos creían que iban allí a salvarse —bien salvados estaban, y bien perdidos, como todos—, pero realmente iban a ver, porque el padre Tagoro, con su palabra de oro pasado, que a ellos debía parecerles oro puro, en su doble ignorancia de pobres y de ciegos, en efecto les hacía ver, y me decía yo que aquello era la única e insospechada fiesta y obra de caridad que se estaba cumpliendo en los ejercicios: la orgía de colores y palabras que el padre Tagoro conseguía meterles en la cabeza a los invidentes, y que tardaría en extinguírseles, allá en la soledad de sus hogares. Cualquiera de ellos habría preferido condenarse y ver el infierno a vivir ciego y no ver a los niños de su casa. Pero desde el segundo día de los ejercicios decidí acudir a la iglesia con mis guantes amarillos, que dejaron a Cristo-Teodorito desconcertado y silencioso, apenado por la ironía, desengañado, e incluso me sugirió que no volviera por allí, si veía que aquello "no me edificaba", pero le repuse que no, que, por el contrario, me estaba gustando mucho (lo cual sin duda fue peor), y efectivamente me divertía estar allí, entre la multitud oliente de los ciegos (los ciegos huelen) con mi lirio amarillo entre las manos, con mi trino de mundanidad, con mi canario de ante suave y viejo, como un mudo y discreto grito, como una sonrisa, como un breve, mundano y silencioso escándalo.

ALGUNAS tardes, cuando yo no tenía que ir al sótano a trabajar con la prensa copiadora, Darío Álvarez Alonso me esperaba después de comer en el café de las bailarinas, donde actuaba, entre otras, Carmencita María, mujer que no dejaba de gustarnos, gitana blanca, madrileña achinada, bailarina, bailaora y lo que le echasen.

A aquella primera hora de la tarde, el café era una penumbra de humo y conversación, aquel humo áspero del áspero tabaco que fumaban los tratantes, los campesinos, los soldados, los estudiantes y las viejas. El café cantante era como un largo y ancho pasillo, muy hondo, que tenía al fondo el tablado, en alto, y más allá los urinarios, las cocinas y esos patios húmedos y llenos de botellas que son la trastienda de los cafés. Había espejos grandes donde se repetía el baile canalla de Carmencita María y sus compañeras, y columnas finas, de un modernismo muy lejano, deteriorado e inculto. Olía a pana, a anís, a mujer y a café con leche.

Darío Álvarez Alonso, que no tenía que ir a ninguna oficina por las tardes (en eso se le conocía que era más poeta puro que yo, más escritor profesional y sin concesiones a lo cotidiano), solía hacer siempre allí su tertulia de sobremesa, con unos cuantos estudiantes que habían oído alguna vez su Mística y mecánica de lo erótico, quedando fascinados para siempre por aquel joven domador de esdrújulos. Quizás, a media tarde, Darío Álvarez Alonso tendría que abandonarles a todos, abandonarnos y abandonar el café para ir a casa, recoger el capacho del carbón y salir con él bajo el abrigo-levita (que, como queda dicho, solía llevar incluso en verano), a por sus cinco kilos de carbón de encina. Pero de momento era el triunfador, el joven maestro, el disertante que marea a la jarra de agua cuando ya le ha dado mil vueltas como si fuera un concepto. Al final se bebía aquella agua mareada, en un vaso, de un trago, y se iba borracho de agua y de esdrújulos.

Pero había un momento en que los jóvenes estudiantes de cabezas rubias, los nuevos discípulos, consideraban que ya habían aprendido bastante, y se ponían a jugar una partida de cartas. Fue cuando Darío Álvarez Alonso me preguntó:

—Dicen que te han visto con la pescaderita.

Me sorprendió esta pregunta en él. Le suponía flotante en la Mística y la mecánica de la erótico, ajeno a los chismes locales.

—Sí —dije.

—¿Te vas a casar con ella?

Confeccioné una sonrisa cínica, sarcástica, malvada, maldita, despectiva, y se la ofrecí, para hacerle comprender sin palabras que me estaba burlando de la chica, que no era más que una víctima, para mí. A aquella hora y en aquel ambiente no había más remedio que ser un poco Dorian Gray. Los espejos llenos de humo me devolvían mi imagen, como en el retrato wildeano, y me encontré francamente diabólico con mis guantes amarillos. Pero por una parte sabía, y no quería admitírmelo a mí mismo, que si alguien había jugado a Dorian Gray, en nuestro amor, no era precisamente yo, sino ella, y eso que sin duda no había leído a Oscar Wilde, como tampoco lo había leído Dorian Gray. Y, por otra parte, me sonrojaba la idea de que Darío Alvarez Alonso pudiera imaginarme trocado de poeta en pescadero, casado con aquella vendedora del mercado, ya huérfana y acaudalada, como una viuda suntuosa. No, yo no iba a desertar tan fácilmente de la literatura, de la libertad, de la poesía, de la bohemia, de la calle, de la rebeldía y de la vida.

Se habían encendido las luces del tablado. Los músicos se pasaban pañuelos por la cara y luego los pasaban por los instrumentos, como si éstos también se fatigasen. Iba a bailar Carmencita María, que hizo su último número de la sesión de sobremesa, un número de un flamenco apócrifo, entreverado de un bolero que tocaba mucho mi primo en su laúd, con apoteosis final de muslos, taconeo, braga, gritos y olés. Terminó la cosa, ella sonrió y saludó con su simpatía de siempre, que asomaba por encima de la simpatía convencional de los artistas para con su público. Se apagaron las luces, pero el café había quedado ensombrecido, sobre todo, al apagarse la hoguera del baile, la hoguera que hacía clamar aquella mujer. Pagamos y nos fuimos.

Ya en la calle, en una tarde primaveral y serena, cuando el aire y la luz tenían una textura más fina, de una calidad antigua y nueva al mismo tiempo (como cuando en casa sacaban las viejas sábanas de holanda y las ponían en uso), Darío Álvarez Alonso me propuso ir hasta el seminario de la Facultad de Letras, a visitar a Víctor Inmaculado, que era aquel poeta con gafitas de fraile pícaro y sonrisa de beato que nunca va a ser beatificado, y al que tanto había visto yo actuar en las reuniones del Círculo Académico.

—¿El del Círculo Académico? —dije.

—Hace unos sonetos anacreónticos muy considerables —me explicó Darío Álvarez Alonso.

Darío Álvarez Alonso aplicaba esto de "muy considerable" a todo lo que le parecía digno de elogio, o de un cumplido ocasional, y era una frase bien medida, porque lo de considerable no decía gran cosa, pero el muy lo reforzaba, de modo que un término quedaba contenido por el otro, y el elogio resultaba frenado, pero eficiente.

Darío Álvarez Alonso, mi maestro, estaba haciendo vida literaria, y yo debía acompañarle, y caí de pronto en la cuenta de esa solidaridad de los grandes, como cuando los del noventa y ocho se visitaban unos a otros y se trataban de usted, y se escribían cartas de suma cortesía. Había, pues, que hacer vida literaria, y perder una tarde en visitar a otro joven poeta que estaba en el seminario de la Facultad de Letras haciendo sonetos anacreónticos (que no sabía yo muy bien qué cosa pudieran ser). La literatura, pues, era como una masonería, como una secta inocente, el mundo que yo había entrevisto en un principio, un mundo donde todos prestaban solicitud a todos. Paseamos los jardines universitarios, tranquilos, soleados, huyendo de las calles llenas de droguerías y afiladores, y gozamos de aquellos ámbitos de cultura donde todo parecía como más ordenado e inteligente. Entramos en la vieja Universidad, donde yo experimenté una vez más, como cada vez que entraba, el vacío abrumador de no ser hijo de aquella casa, de no ser universitario, beato todavía de estas cosas y fervoroso de aquel mundo que imaginaba como un culto minué de catedráticos y estudiantes, donde el saber pasaba de unos a otros delicadamente, como ese pañuelo que se pasaban los antiguos en los bailes versallescos. Más tarde descubriría que aquello no era sino un caserón burocrático donde se faenaba con la cultura como Jesusita faenaba con sus pellejos de vino en la vinatería. Era más noble, incluso, lo de Miguel San Julián, abrillantando motores a la orilla de la vía, a primera hora de la mañana, con su lima como de cristal.

Al final de largos pasillos que olían a asignatura muerta y a colilla, bajando y subiendo escaleras breves de madera, entre penumbra y respiración de bibliotecas, llegamos al seminario de Letras, que era una habitación grande, prestigiada por la oscuridad, llena de muebles y de libros, y con un flexo encendido al fondo, sobre una mesa, sobre la cabeza pequeña y aplicada de Víctor Inmaculado, que leía en un grueso libro, de páginas muy blancas, y tomaba notas. Víctor Inmaculado se puso en pie y vino a saludarnos, pero no encendió ninguna otra luz, de modo que estuvimos los tres de pie, como sumergidos al revés en las aguas frescas de la penumbra, con los cuerpos iluminados por la luz del flexo y las cabezas casi invisibles en la sombra. Víctor Inmaculado me saludó cordial y sin conocerme, y entre los dos me explicaron que Víctor Inmaculado se pasaba allí ocho horas diarias (aparte de los estudios y las clases de la mañana), de dos de la tarde a diez de la noche, preparando su tesis o su tesina o sus oposiciones o lo que fuere.

De modo que aquello era la literatura, la cultura, y para hacer sonetos anacreónticos había que consumir ocho horas diarias de estudio, durante años y años, que eran los que llevaba Víctor Inmaculado con tal disciplina. Y pensé que yo era un paria, un piernas, y que nunca podría llegar uno a escribir nada que lo valiese ignorando aquellos miles de libros, no haciéndoles segregar todas aquellas notas menudas que Víctor Inmaculado tenía sobre la mesa, en torno a un vaso de agua.

Y yo que creía saber ya cosas, algunas cosas. Yo no sabía más que cuatro chismes literarios, cuatro poemas aprendidos en la habitación azul y la Mística y mecánica de lo erótico, de Darío Álvarez Alonso, al que se la había oído ya tantas veces. ¿Y Darío Álvarez Alonso? Bueno, él leía muchas horas en su casa, sin duda tenía una gran biblioteca heredada (aunque nunca me había invitado a visitarla) y era evidente que transportaba una cultura transeúnte. Por otra parte, no parecía impresionarle nada aquel santuario del saber de Víctor Inmaculado, como si todos aquellos farallones de libros él ya los tuviese leídos y superados. "No se te ve ahora por la congregación," me dijo de pronto Víctor Inmaculado.

De modo que sí me conocía. No me recordaba del Círculo Académico, sino de la congregación, y temía que él hubiera sido el encargado de leer y rechazar mi poema "sensual y surrealista" en la revista mensual. Por eso no le hablé de aquello para nada.

—Sí, ahora voy menos —dije vagamente.

Pero Darío Álvarez Alonso le estaba ya instando a Víctor Inmaculado a que nos leyese uno de sus últimos sonetos ancreónticos, y Víctor Inmaculado hizo una sonrisa como de que aquello no tenía ninguna importancia, una sonrisa buena y ruborosa, y cuando sacó los poemas de un cajón se vio que sí, que tenía muchísima importancia, mucha más que los grandes libros de la oposición y la tesis y el doctorado y todo aquello, pero estaba claro que Víctor Inmaculado no iba a ser nunca el poeta desgarrado y callejero, el poeta maldito y baudeleriano, sino que iba a vivir siempre atendido, prudentemente, a su cátedra, su seminario o lo que fuese, seguro y defendido en aquella penumbra, con toda la cultura clásica iluminada por la luz del flexo. Nos sentamos en la sombra y él nos leyó algunos poemas, pocos, sentado otra vez en la luz, y se me quedó aquello de "como una sombra que de tu vuelo cae", y me gustó, pero en seguida guardó él sus poemas, que habían sido una licencia (una licencia poética exactamente) y volvió a reordenar sus notas, con lo que el perorar esdrújulo de Darío Álvarez Alonso quedó un poco desfalleciente y nos despedimos. Yo salía de allí perdido, lleno de dudas, como siempre, sin saber si había que ser poeta de biblioteca y seminario o poeta de los cafés con bailarinas.

En todo caso, no me cabía optar. Yo sólo tenía la calle. O la pescadería de María Antonieta, me dije con ironía, pero sin alegría. Por otra parte, Víctor Inmaculado era un tipo de la congregación, cosa en la que yo no había reparado antes, y eso sí que no. Ya en la calle, Darío Álvarez Alonso me hizo el resumen de la visita:

—Tiene talento, es estudioso. Hará cosas por la vía

académica. Su poesía brota de la cultura, no de la vida, ya sabes.

Y se fue, dejándome en la duda de si aquello era bueno o malo. Quizá se le hacía tarde para ir a por el carbón. Yo llevaba mis guantes amarillos en el bolsillo, pero no me atrevía a sacarlos. Casi me dieron ganas de arrojarlos a una papelera. Yo estaba haciendo el fantoche del poeta pobre, por las calles, mientras otros estudiaban de firme, calientes y en silencio, para hacer sonetos anacreónticos, que yo ni sabía lo que era eso. Anduve perdido por las calles, como en los peores atardeceres.

TATI y Cristo-Teodorito se besaban en la boca. Cuando yo volvía a casa, después de haber callejeado toda la tarde, apretando los guantes amarillos dentro del puño, en el bolso del abrigo (aquella tarde en que habíamos visitado a Víctor Inmaculado en su seminario de Letras), Tati y Cristo-Teodorito, en la penumbra de mi propio portal, con orlas, pastoras y frescos borrados, se besaban en la boca.

El rumor de aquellos amores andaba por todo el barrio. A pesar de la congregación, a pesar del padre Valiño y de los ejercicios espirituales para ciegos, del padre Tagoro, tan edificantes, el pobre Cristo-Teodorito había caído en la tentación más cercana y llameante del barrio. ¿Cómo había podido ser? No se me ocurría hacer ironías sobre el destino de mi presunto redentor, del presunto salvador de mi alma y de mi cuerpo en el seno cálido y azulino de la congregación, sino que me interesaba el caso psicológicamente, con deformación de los narradores psicologistas franceses y españoles —Galdós— que estaba empezando a leer. (Lo que Darío Álvarez Alonso llamaba "novela de caracteres" con un cierto desdén, pues debía estar empezando a ser cosa pasada, aunque yo acababa de descubrirla.) Yo me había burlado de Cristo-Teodorito y su pureza, incluso delante de él, aquella pureza de congregación en la que no creía y que, por otra parte, era probable que ni siquiera existiese, pero ahora que mi doble y modelo se venía abajo, no era la ironía lo que me brotaba, sino la curiosidad, el interés casi científico por el caso. Yo no había tomado nunca en serio la entereza moral de Cristo-Teodorito ni de nadie (en eso creía yo que residía mi prematura madurez), pero cuando, efectivamente, esa entereza moral se venía abajo, era el primer sorprendido y trataba de descifrar las leyes de aquel fenómeno, contagiado sin duda, y sin saberlo, de un positivismo que estaba en casi todo lo que había leído en prosa, como resaca del siglo anterior remansada en los libros amarillos y oscuros de la habitación azul.

Tati era otra devoradora de hombres —como mi María Antonieta, como Jesusita, las tres ninfas malas del barrio—, y Cristo-Teodorito lo sabía. Tati se había enamorado o se había encaprichado de Cristo-Teodorito como María Antonieta de mí, como Jesusita de Miguel San Julián. Cristo-Teodorito, aquel doble mejorado de mi vida, empezaba a caer en los mismos peligros que yo. La vida, cuya única ley parecía ser la ironía, se iba complaciendo en repetir nuestros destinos, en lograr unas vidas paralelas, con fino sentido geométrico, pero no igualando el mal con el bien, redimiéndolo, sino igualando el bien con el mal, igualando a Cristo-Teodorito conmigo, porque lo primero hubiera sido edificante, y la vida nunca es edificante. Tenía una lógica elemental, y por lo tanto no prevista, el que Tati, la llama pecadora del barrio, quisiera incendiar lo más puro que había frente a ella, el cuerpo y el alma de Cristo-Teodorito, el congregante modelo. A todo el mundo le había sorprendido aquel amor, pero en puridad no podía ocurrir otra cosa. ¿A quién iba a codiciar Tati sino al más bello y al más puro de su mundo?

En cuanto a Cristo-Teodorito, era posible que un mimetismo secreto le hubiese llevado a repetir mi amor con María Antonieta en su amor con Tati, pues las leyes miméticas son mucho más profundas de lo que imaginamos, y no rigen sólo en lo social y convencional, como la moda o el lenguaje, sino que incluso pueden decidir los actos más importantes de nuestra vida. Por otra parte, cuando el bien desea el mal, no se limita a desear un mal cualquiera, sino el peor, el privilegiado, el mal absoluto, y dentro de la cosmogonía que era aquella plaza cerrada por bancos circulares de piedra, el bien era Cristo-Teodorito y el mal era Tati, con sus vestidos excesivos para su edad, con aquellas piernas demasiado alabeadas, con aquel cuerpo que se desbordaba a sí mismo.

Porque el hombre mediocre, el tibio, el pecador cotidiano, se conforma con cualquier cosa, pero la virtud elige y exige, y si el sueño de la razón engendra monstruos, el sueño de la virtud engendra dioses. O diosas. El bien absoluto que era Cristo-Teodorito deseaba el mal absoluto que era Tati. No podía desear otra cosa.

La plazuela era un mundo cerrado, era la armonía de las esferas con una farola en el medio, y se regía por las mismas leyes que la teogonía, la *Divina Comedia* y la astrología precopernicana. Los círculos dantescos de aquella plaza eran concéntricos, y Cristo-Teodorito había quedado apresado en el más infernal de todos ellos.

La hija del veterinario viajero, que había ido con su padre, de niña, en el viejo citroën, a ver parir a las yeguas y las cerdas en los establos de los pueblos, en las noches de Castilla, sabía más de la vida y del sexo que Cristo-Teodorito en su congregación y su bachillerato, y había vivido siempre a la vista del vientre abierto y caliente de la naturaleza.

Quizá por eso habían salido precoces sexuales todas las hijas del viejo veterinario. Porque desde su infancia habían visto que la vida es un desgarrón sangriento, que la vida es un potro en celo o una cerda que chilla de dolor y de placer.

Tati y sus hermanas no habían podido llevar hasta los ojos el velo oriental e invisible que llevaban las otras niñas del barrio, el velo de castidad, ignorancia, convento y pureza que llevaban las otras colegialas. Tati sabía que la mujer y la yegua reciben en la noche el relincho salvaje del garañón mortal, Tati sabía lo que en el hombre hay de potro nocturno y violento, Tati había despertado en Cristo-Teodorito a aquel potro que dormía encantado en figura de congregante.

Pero ¿y Cristo-Teodorito? Cristo-Teodorito, joven y saludable, vivía recaudando su energía y su sexualidad para el futuro, para el matrimonio, para después de la carrera y las oposiciones, como miles, como millones de chicos de nuestra edad, en quienes la abstinencia (mal remediada por la masturbación) no es sino consecuencia de la imposibilidad, más que de la voluntad. Cristo-Teodorito, ensoberbecido en su bien absoluto (había que hablar de la soberbia de los buenos, para replicar a los buenos, que hablaban de la soberbia de los intelectuales), había tenido la tentación y la oportunidad del mal absoluto, pues el gran peligro que se corre estando tan alto es que sólo se desea caer a lo más bajo. Cuanto más acrisolada es la virtud, más fastuosa es la tentación. El pecador mediocre sólo tiene tentaciones mediocres.

Y, quizá, la ley secreta del mimetismo —mi idilio con María Antonieta— había sido el resorte final que llevó a mi amigo a enamorarse de la hija del veterinario. Porque del mismo modo que el vencedor acaba adoptando los usos del vencido, el inquisidor acaba adoptando los usos del condenado y el confesor los vicios del confesado. Cristo-Teodorito, tras asistir con escándalo a mis amores con la pescadera, tras intentar redimirlos con su espada de fuego y plata, tras la catarsis de los ejercicios espirituales y los ciegos, estaba fascinado, sin saberlo, por la profundidad de mi mal (como el médico que se fascina científicamente, aunque como profesional y como hombre se duela, de los progresos de una enfermedad mortal en el enfermo, enfermedad que parece avanzar regida por una inteligencia del mal, como la salud parece regida por una inteligencia del bien). Yo había resistido a la prueba de los ejercicios espirituales, del padre Tagoro y su verbo, de los ciegos y su tropel esperanzado, siempre con mis guantes amarillos en la mano, como un lirio gualda de frivolidad, yo era un enfermo incurable, y quizá lo absoluto de mi mal había fascinado a Cristo-Teodorito, sin que ni él ni yo lo supiéramos, porque hay que suponer que el que salva a un pecador, en el fondo se decepciona, aunque ambos estén alegres, pues indudablemente el mal es más fascinante que el bien. El pecador, antes de salvado, tenía más interés.

Sobre todo esto llegué yo incluso a escribir un pequeño estudio o ensayo psicológico, en el velador del café cantante, tratando de aclarar aquel amor violento e inesperado que tenía alborotado al barrio, y tratando, sobre todo, de demostrarme a mí mismo que era capaz de hacer psicologismo como los novelistas franceses que empezaba a leer, y como algunos españoles, sin saber que el psicologismo empezaba a estar pasado.

El portal de mi casa, grande, hondo, orlado con pinturas en las paredes y en el techo, era algo así como la Capilla Sixtina del barrio, uno de aquellos portales artísticos que se hacían en el fin del siglo, con una cancela de colores al fondo que prestaba magia al patio con gallinero que había detrás.

Pero la casa estaba medio en ruina, y si el Ayuntamiento no la había declarado ya ruinosa, debía ser más por la intercesión burocrática del padre de Cristo-Teodorito (al que habían acudido los vecinos en comisión) que por la firmeza de las mamposterías. En uno de los pisos habían asesinado a un canónigo, cuando la revolución, y los vecinos con posibilidades iban huyendo hacia otros hogares que, si no eran la Capilla Sixtina, eran al menos más confortables y seguros. La portera había quedado varada para siempre en su sillón de mimbre, porque el corazón le había crecido excesivamente dentro del pecho, y la tenía inmóvil, moviendo levemente con una mano hinchada el visillo de su casa-portería para ver con ojos ciegos a los que subían y bajaban las escaleras. Mi familia era una de las pocas que seguían allí, hasta morir con la casa o sepultados todos por ella, de modo que en aquel portal abandonado y hondo (que yo, de niño, había conocido claro y limpio, lleno de brillos y de gritos de infancia alegre, que eran los míos) se refugiaban las parejas del barrio al anochecer, para besarse por los rincones o fornicar debajo de la escalera.

Todas las noches, a mi vuelta a casa, en invierno y en verano, cruzaba entre sombras dobles y susurrantes a las que apenas miraba, pero aquella noche, después de la visita a Víctor Inmaculado en su pulcro seminario de Letras, después de mi paseo desolado por la ciudad, cuando Darío Álvarez Alonso me hubo abandonado, al entrar en el portal no pude evitar el reconocer a Tati y Cristo-Teodorito, en una de las parejas, que se besaban en la boca. Cristo-Teodorito había ido a parar allí, al pozo cenagoso del semen y los besos que era mi portal, donde yo había visto anteriormente a Tati besándose con otros muchachos, bajo las guirnaldas bucólicas de las paredes y del techo, a la luz de la triste bombilla encendida noche y día, porque nadie se ocupaba de apagarla. Pasé de largo. El padre de Cristo-Teodorito, salvando aquella casa de la piqueta con su modesta autoridad burocrática, le había hecho un nido pecaminoso e inmundo a su hijo de oro y virtud. La vida seguía siendo una mediocre paradoja municipal.

EN la noche del café cantante, cuando el tablado había ido apagando sus luces, cuando los músicos se iban lentamente (viejos músicos de café de provincias), guardándose la pajarita del smoking en un bolsillo y tomando un último anís en la barra, descamisados, todo el local se ensombrecía paulatinamente, y en la mesa más recogida, resguardada y discutidora, en la de mayores intimidades y confianzas, Darío Álvarez Alonso predicaba a un grupo de convencidos (libérrimo a aquella hora en que las tiendas estaban cerradas y no había que hacer recados), y a su verbo atendían asimismo las viejas meretrices, los paletos rezagados e incluso los camareros, que duermen de pie y con la servilleta al brazo, y todos le llamaban pico de oro y decían adónde va a llegar este señorito, tan joven y con ese pico de oro.

Aquella noche, en la mesa, con todos los habituales, estaba Carmencita María, que había empezado a sentarse con nosotros, después de terminados sus números, antes de irse a la pensión a dormir o a oír Radio Madrid (porque oír Radio Madrid era su alimento espiritual cuando estaba fuera de Madrid, en giras de artista), y estaba también Empédocles, aquel viejo músico, violinista, que había sido famoso en la ciudad, y decían que en España, y que había ahogado su fama, su gloria y su virtuosismo en alcohol, bohemia y sodomía.

Empédocles (apodo más eufónico y cómico que clásico, que le habían puesto los amigos por onomatopeya, con referencias de retrete, y que ocultaba su verdadero nombre, famoso otrora en los programas de mano de los conciertos), no cantaba a los verlenianos violines del otoño (que yo escuchaba y leía en una traducción de cubiertas verdes y papel biblia que había en la habitación azul: "llueve en mi corazón", etc.), sino que tocaba directamente los violines del otoño, los hacía sonar en sus manos con temor y temblor, y se decía que, en la locura del alcohol, aseguraba que su violín, último resto de su naufragio, tabla lírica y rubia del náufrago, era un stradivarius, cosa que tampoco había por qué poner en duda. Él mismo, realmente, era un auténtico stradivarius humano.

Carmencita María, de cerca, vestidita de calle, parecía más joven que en el tablado, y el caso es que se le notaban más las arrugas, claro. Parecía una niña vieja, mientras que en el tablado parecía una cariátide sin edad. Pero Carmencita María no era vieja ni joven, sino que tenía esa edad sin tiempo que tienen las cómicas de la legua, las bailarinas de provincias y las artistas sin suerte. Carmencita María, andaluza de Madrid, oriental de Andalucía, escuchaba también con fascinación a Darío Álvarez Alonso, porque el hablar seguido e hilvanado es cosa que pasma a nuestro pueblo, y más si no entiende de qué va, pero en su mohín madrileño veía yo una pizca de reserva, un rincón de burla, una chispa de reticencia. Hasta que un día me lo dijo en un aparte de la mesa:

—Este amigo tuyo es un poco fantasma.

Yo no creía por entonces que Darío Álvarez Alonso fuese un poco fantasma, dicho así, castizamente, con aquel desgarro madrileño, pero la frase aclaró en mí prejuicios interiores no confesados y puso la primera esquina de reticencia en mi admiración loca a Darío

Álvarez Alonso, que a la sazón era el único modelo disponible de vida y obra. Y, sobre todo, me agradó el desparpajo de la chica, más que por cómo pudiera halagar mi instinto tribal de destrucción del compañero (tan frecuente en la tribu literaria, a la que yo estaba empezando a pertenecer), porque aquella confidencia que nadie hubiera osado hacer, creaba entre nosotros, entre la bailarina y yo, como una suerte de secreto compartido, un paso de intimidad, algo. Desde entonces, nos mirábamos de otra forma, nos hablábamos de otra forma y empecé a pensar que la artista madrileña se había fijado en mí.

Aquella noche, cuando Carmencita María se fue a la pensión a dormir, del brazo de la más vieja de sus compañeras de baile (un grupo de hombres oscuros las esperaba todas las noches a la puerta del café ya cerrado, haciéndoles proposiciones confusas y apresuradas a las que casi nunca accedían, supongo que más por cansancio que por virtud o falta de necesidad económica), Darío Álvarez Alonso se fue también, repartiendo saludos entre los camareros, las mujeres de la limpieza y las de los lavabos, entre las viejas meretrices, los estudiantes golfos y los trasnochadores, en una gloria de poeta maldito entre la gente del hampa, entre sus gentes, y yo que quedé a solas con Empédocles, el viejo violinista, que me invitó a dar un paseo "por el claro de luna", como él dijo.

Siendo yo niño peinado con colonia, niño de barquillo en la mano y perfume en el pelo, había asistido a aquellos conciertos que daba Empédocles (que entonces aún no tenía este apodo clásico y bufo) en el café más importante y selecto de la ciudad, en la calle principal, conciertos de violín que durante el invierno tenían lugar en el interior del local, naturalmente, pero que durante el verano se daban en la gran terraza, al aire libre, en medio de las mesas lucientes de copas, botellas, recipientes de plata para los helados y espuma blanca de champán y de exóticos refrescos. Yo había estado entonces en aquella terraza con mi familia, asistiendo a la gloria musical de aquel hombre (que ahora comprendía yo no había sido sino su decadencia refugiada en lo local, en su pueblo, porque Empédocles era de la ciudad o de la provincia, ya que muchos artistas, sin fuerza para dar el gran soplo que apague las velas de la *soirée* nacional y deje a todo el mundo en silencio frente a ellos, buscan el triunfo fácil de su lugar de origen, vuelven a su nido, apuran en su rincón lo que fueron en vida, pues realmente ya están muertos). Pero yo había estado, sobre todo, tomando conciencia de mi clase y de mi rango, como lo toma el niño en cosas así, mediante una música que le aburre, por ejemplo, pero en la que no deja de captar el aspecto suntuario, reforzado por el ambiente, que le halaga, le rodea y le distingue de los demás.

Los demás, en aquellas noches lejanas de los veranos quietos e inmensos de la infancia, eran los paseantes, el pueblo llano que, sin medios ni clase social para sentarse en aquella terraza tácitamente reservada a la buena burguesía, hacían cerco denso de oyentes en pie —familias, niños, melómanos solitarios y pobres, chicos y chicas, señoritas de escasos medios a las que el violín de Empédocles hacía soñar—, y así estábamos todos, callados y felices, viajando en el violín o con el violín de Empédocles por los bosques de Wagner, los lechos de Chopin y los cuartetos de Beethoven, aunque lo que en realidad gustaba a la gente (que aguantaba el resto en silencio, demostrando así su educación, ya que no su sensibilidad musical —y quién sabe cuál de las dos cosas valía más en la escala burguesa de valores—), era *El vuelo del moscardón,* de Rimsky-Korsakoff, el compositor de mi primo y de la madre de María Antonieta, la vieja pescadera hinchada de orujo, así como los fragmentos de zarzuela y las tzardas de Monti con que Empédocles remataba sus noches gloriosas y provincianas, sabiendo bien que todo lo demás había sido convencionalismo y que había que gratificar al público que pagaba y al que había que hablar en necio, pues necio era, como dijese Lope, al que Empédocles me citó en esta noche de nuestra paseata por el claro de luna. Aquel moscardón exótico de la música descriptiva y convencional del ruso había zumbado mucho sobre mi cabeza rubia de niño que trasnocha y toma helados de persona mayor, de modo que Empédocles, con el pulso roto por el alcohol y por la edad, se había retirado al fin, acabó por retirarse, y el apodo, bien puesto no se sabía por quién, y que quizá aludía a su pederastia o a otras actividades aun más torpes de su reverso (él, que había sido puro anverso lírico) se extendió por la ciudad y se fue comiendo al nombre glorioso, y ahora me parecía mágico estar paseando por las calles regadas de la noche, o por las viejas calles sin regar, con aquel personaje mítico de la infancia, pintoresco de más tarde, y al que yo seguía profesando ese amor y ese respeto que he profesado siempre, después, a los ídolos caídos, a los juguetes estropeados de la gloria, a los grandes en decadencia, que me parecen mucho más sugestivos que los grandes en apogeo. Y como él había citado el claro de luna, le pregunté si seguía tocando a Chopin en el stradivarius de su casa, para sí mismo, aunque no anduviese yo muy seguro, ni lo ando ahora, de si Chopin escribió o no para violín sólo. Chopin es una máquina de coser, me dijo Empédocles con desprecio.

¿Chopin era una máquina de coser? Me fascinaba la frase, por lo que tenía de avanzada, pero no veía yo cómo Chopin pudiera ser una máquina de coser, porque mi cultura musical era mala aun entonces, en que me sentía obligado a interesarme por todo y a entender de todo (no había leído aún aquello de que mis límites son mi riqueza).

Empédocles estaba calvo, pero con una calvicie hermosa, digna, que le aureolaba como una melena rubia, porque hay maneras de estar calvo, y la suya era la calvicie bien llevada del que se ve que ha tenido mucho pelo y todavía conserva en la cabeza los gestos altaneros (cada vez más infrecuentes, en Empédocles) de haber lucido gran melena. Empédocles tenía los ojos claros, acuosos, caídos, como en un llanto congelado y permanente, y la nariz un poco deshecha por el alcohol, grande, y la boca también deshecha y caída, e incluso yo creo que tenía las orejas un poco más bajas del sitio normal (quizá fuese que los lóbulos le colgaban mucho), de modo que todo su rostro daba una sensación de llanto de teatro, de máscara que hace la mueca de llorar sin llorar. Empédocles tenía el cuerpo delgado, pero no elegante, y no era alto ni bajo, de modo que a veces parecía más alto de lo que era, y a veces más bajo (que es lo que ocurre con esas personas de media altura).

Empédocles andaba despacio, con cierto martirio de pies, y hablaba también despacio, pero hilado, con una conversación de escritor, a veces, más que de músico, pues en todo caso había vivido mucho y había conocido a todo el mundo, y en el fondo estaba hastiado de aquella sociedad provinciana, él que de joven había triunfado en una sociedad más cosmopolita. Empédocles llevaba siempre cuello de almidón, no demasiado limpio, y el cuello se le deformaba por alguna parte, le sobraba por algún sitio de la irregular circunferencia, y no usaba la chalina o la pajarita de los músicos, sino una corbata marrón, grande, sucia y abultada, que no dejaba de tomar, en su astrosa e interesante persona, cierta gracia bohemia y descuidada. No era, en todo caso, la corbata de un empleado de seguros y reaseguros. Empédocles era un tipo.

Me decía yo que también me hubiera gustado acompañar a Carmencita María a su pensión, pero no se puede estar en todas partes y tampoco era mala —toda una experiencia— aquella paseata agotadora, aquella conversación (monólogo más bien) con el genio olvidado, con el Verlaine de provincias que en lugar de escuchar y cantar los violines del otoño, los había hecho sonar mágicamente, hondamente, en su stradivarius imaginado o real. La noche estaba quieta, fija por sus estrellas, y la luna parecía cabecear como un globo alto, y las calles viejas y hondas descendían todas hacia un valle urbano de iglesias y talabarterías cerradas a aquella hora, y acompañé a Empédocles (a quien se le podía llamar así en la conversación sin que se irritase o lo advirtiese) hasta la puerta de su casa.

EMPÉDOCLES me invitó a subir a su casa.

—La casa está declarada en ruina por el Ayuntamiento —me dijo mientras subíamos la escalera a oscuras—. Yo he vivido aquí muchos años con mi padre. Mi padre ya murió, el hombre. Era muy viejo. Jubilado del Catastro. De modo que vivíamos de su pensión, últimamente, porque a mí ya hace mucho que el stradivarius no me da nada. Ahora, muerto mi padre, no tengo de qué ni de dónde ¿comprendes? Soy el único vecino que queda en la casa. La van a tirar. Ya no tiene agua, ni gas, ni electricidad. Estamos, como dijo el otro, en la hora de las ojeras y las manos sucias...

Empédocles siempre terminaba sus parrafadas con una frase literaria que yo no sabía de dónde tomaba, ni de quién era, ni si era suya, pero que en todo caso se veía que venía de muy atrás y que la había utilizado muchas veces. Empédocles hablaba mientras subíamos aquellas escaleras ciegas, vacilantes, que olían a gato y a humedad, y llevaba una gran llave en la mano, como una vela para iluminarse o una pistola para defenderse. La luz de la luna le daba a veces en el metal de la llave, a través de una claraboya, y aquel brillo era lo único que veía yo en la escalera. Empédocles se fatigaba hablando y subiendo, pero no dejaba de hablar, y llegué a pensar que lo hacía, como ciertos asmáticos, para disimular el ahogo con la conversación, aunque ésta, naturalmente, le ahogaba más.

Empédocles me había invitado inesperadamente. "Sube y ves el stradivarius." No me interesaba demasiado conocer la intimidad mugrienta del violinista, ni me interesaba nada conocer su stradivarius, que para mí no podría tener mayor sugestión cultural que una pandereta (aunque me dijese a mí mismo lo contrario) y por otra parte conocía la fama homosexual del músico, y la temía por lo tanto, de modo que había aceptado sólo por timidez, y ahora, para no confesarme esta timidez a mí mismo, me iba diciendo interiormente que todo había de ser muy interesante y que aquel genio olvidado, en su casa deshabitada, con el stradivarius reinando en la pobreza del hogar, y con su conversación mundana, culta e incoherente, era toda una experiencia. Lo de siempre, más o menos.

En todo caso, la decadencia del artista, ese infierno de vejez y soledad a que está abocado todo creador (músico, pintor, poeta) según los criterios de la burguesía que yo había escuchado siempre en casa y en la calle, desde pequeño, se me confirmaban a la vista de este hombre, mientras subíamos por una escalera interminable y negra. El esquema era éste: Artista = bohemio: juventud alocada/vejez miserable. Un esquema simplista que yo ya estaba empezando a rechazar por su mecanicismo estúpido, pero que en el caso de Empédocles se hacía de una plasticidad casi aleccionadora, aunque, cuando uno ha superado ciertas lecciones, de nada sirven éstas.

Llegamos arriba, anduvimos por un corredor largo donde se escuchaban nuestras pisadas como en un bosque. Por las ventanas sin cristales (algunas tenían un cartón o una madera tapando el hueco, haciendo las veces) se veía de cerca el cielo de las chimeneas y los tejados, un cielo sin grandeza, devorado por patios innobles.

Empédocles, que había subido toda la escalera con la llave en la mano, se perfiló ahora sobre la cerradura con algo de torero que entra a matar, y en este gesto vi claro algo que había estado advirtiendo toda la noche, sin llegar a formulármelo: lo que aquel viejo artista, como todos los hombres de su época, gloriosos e incluso anónimos, tenían siempre en España de matadores de toros, cómo el tipo del espada había sido el modelo nacional, cómo Joselito, muerto en Talavera según el nuevo romancismo malo que a mí me había llegado por los recitadores de feria y ateneo, supervivía en miles, en millones de Joselitos españoles que conservaban o cultivaban algo de la majeza del torero. Seguro que Empédocles, en sus días de gloria, había manejado en algún momento el arco del violín como la espada del matador. Entramos en la casa, que estaba negra, claro, y olía a sábana sucia y a tabaco, menos insoportablemente de lo que yo me había temido. Empédocles fue encendiendo velas:

—Ahora empieza el ritual de las velas. Una noche me encontrarán aquí abrasado. Un día arde todo y me voy a la *merde*. Incluso el stradivarius.

Empédocles decía siempre *merde*, en francés, supongo que más por un viejo esnobismo que por ninguna clase de pudor. Las velas, duplicadas en los espejos, iluminaban más. Eran velas de velatorio, velas de iglesia, cabos de vela que sin duda robaba él en los grandes funerales. Me lo confirmó en seguida:

—Las velas se las robo a los curas, como comprenderás. Bastante nos han robado ellos. Yo no gano para velas. Yo, que he ganado para arañas de salón.

Y reía y tosía y fumaba y escupía y lloraba y se hacía un lío con su conversación y con su vida. A la luz de las velas se veía una casa con grandes bultos y grandes huecos. No una casa donde se advirtiesen los huecos de los grandes aparadores desgajados (desgajar un aparador de su sitio de años es tan difícil y tan doloroso como arrancar un viejo árbol de su lugar en el bosque) sino una casa donde las cosas hubieran sido arrinconadas, amontonadas y envueltas en grupos caóticos, dejando otros espacios vacíos no se sabía para qué. De cualquier forma, los grandes muebles de aquel hogar debían haber salido por la ancha y tambaleante escalera, camino de otros hogares más afortunados. Quién sabe lo que Empédocles escondía, envolvía, reunía en aquellos grandes bultos forrados por una alfombra o unos cortinajes. Empédocles se movía por la casa despacio, pero sin parar, y me había sentado en una butaquita estrecha, pequeña, incómoda, quizás ilustre, vieja, que me tenía como apresado y que me picaba por todas partes con sus muelles, sus pajas, sus clavos y quién sabe si sus chinches. Él, por su parte, había cambiado, no pude advertir cuándo, los zapatos brillantes, viejos, de punta estrecha (zapatos de concertista) por unas zapatillas de cuadros, blandas y lengüeteantes como lebreles, y las arrastraba de acá para allá, buscando copas, ceniceros, botellas, cosas, hasta que tuvo delante de mí, en un cajón revestido con una vieja camisa de chaqué, a modo de mesa y mantel, una botella de vino, una copa y un vaso de cocina, un cenicero que era como un orinal de juguete y una vela o, más bien, un cirio de muerto, ancho, corto, lujoso de esperma acumulada, que hacía una llama alta ante mi nariz, una llama bruja en algún espejo lejano, una llama gloriosa ante el rostro lamentable y sabio de Empédocles:

—Vino, siempre vino. Siempre bebo vino. Ya lo has visto. Dicen que me ha perdido el vino, que me he perdido por el vino, que bebo vino porque es barato. Nada de eso. En las grandes mesas yo pedía vino. ¿Sabes que al duque de Alba le pedí vino en su palacio de Liria, en Madrid? Vino, duque, le dije. Pero vino del pueblo, vino de albañil. No ese vino de señoritas que beben ustedes. Que vayan a comprarlo a la taberna más cercana. Y fueron, porque el palacio de Liria está rodeado de tabernas pobres ¿sabes? Y el duque bebió conmigo vino de albañil, el vino de las tabernas, que decía Machado. Había ido yo a darles un concierto a los Alba, que tenían invitados, y toqué, no me acuerdo de lo que toqué, porque me pedían cosas caprichosas, no tenían gusto para la música claro, te puedes imaginar. Pero yo les coloqué mi programa, de todos modos, lo que a mí me gustaba tocar. O sea que tuvieron que tragar con mi música y con mi vino ¿qué te parece?

E hizo un gesto cínico de estar de vuelta, de haber sometido a los grandes, de haber triunfado, y se sirvió más vino, y bebía con el cigarro en la boca, y como el cigarro se le apagaba con el vino, lo volvía a prender en el cirio, o intentaba hacerlo (podía haber sido un cirio del cuerpo yacente del duque de Alba, por lo hermoso). Y yo me aburría.

—Bueno, ya sabes que los griegos no hacían distinción entre una bella muchacha y un bello muchacho. Tenían razón. No hay por qué hacerla. Pero los griegos eran unos bárbaros. No conocían la gran música. Se dice que son la cuna de Occidente. ¿Cómo iban a ser la cuna de nada si no habían oído a Mozart? Los griegos hubiesen sido de verdad los griegos si hubieran tenido a Mozart. Pero sólo tocaban zampoñas. Un pueblo bárbaro, te lo digo yo, una edad bárbara. La música es lo único que no progresa ni se refina en ellos. Pero a lo que iba de los efebos. No hacían distinción entre muchacho y muchacha, y esto se da como prueba de su refinamiento, pero yo creo que es todo lo contrario. Si no hubiesen sido un pueblo bárbaro habrían conocido la música y habrían elegido al muchacho, al efebo ¿me comprendes? Pero les daba igual. Ni presentían a Mozart. Bueno, no sé si tú entiendes o no entiendes en esto del divino pecado, pero creo que tienes condiciones y...

—Tengo novia. Tengo una amante.

Oí mi voz creo que en el espejo del armario. ¿Cómo, dónde, cuándo y por qué había dicho eso? Estaba asustado y me sonrojé de mi susto, más que de sus palabras, pero en aquella oscuridad con velas no debía advertirse nada. Empédocles rió.

—Tienes novia. Tienes una amante. Pronto empezáis los chicos, ahora. Yo también tuve una novia y una amante y muchas. Pero esto es otra cuestión, es cultura, es poesía, no es zoología...

Me puse en pie.

—Ya, ya veo que no —dijo—. Ya veo que no por ahora. Quizá no estás maduro. Pero no te precipites, que yo no me precipito nunca, aunque quizá me he precipitado un poco esta noche. Perdona.

Y se sirvió más vino. Él bebía por el vaso de cocina y me había dejado a mí la copa. Hubo un largo silencio en el que se oía su respiración de viejo.

—Bueno, olvida esto. Vamos a ser amigos, buenos amigos, si tú quieres. El efebo ¿sabes? tiene un día en su vida. Primero es niño: nada. Luego es hombre: algo que tampoco interesa ya. El efebo tiene un día, un solo día, que es el que yo busco, el que he buscado toda mi vida. Tú estás en ese día. Perdona si he querido aprovecharlo. Mañana mismo serás ya un hombre y los hombres no me interesan. Es decir, que podremos ser amigos y basta. Amigos.

No sabía si volver a sentarme y seguir bebiendo o marcharme. Hice lo intermedio, que fue terminar la copa de pie. "Espera, dijo, quiero que veas el stradivarius", y se levantó y anduvo por los fondos de la casa, topando objetos que sonaban en el suelo, abriendo y cerrando puertas y armarios, y vino con el violín en su funda, y me lo mostró a la luz de una vela. "Toma, cógelo, que yo ilumino". E iluminó de modo que se veía en el interior del instrumento una plaquita borrada con unas letras y unas fechas que brillaban a la luz de la llama, pero en las que no pude descifrar nada. El instrumento casi no pesaba en mis manos. Era ligero, delicado y grato. Stradivarius o no, me emocionó un poco tocarlo. Era como el ataúd de un pequeño príncipe persa muerto. Empédocles lo puso entre cuatro cirios para subrayar esta sensación

159

de ataúd. Quería darme a entender que la música, o su violín, o su talento musical o él mismo habían muerto. Era un simbolismo pobre y tonto. "Pero ahora no voy a tocar", dijo. Yo no esperaba ni deseaba que tocase, de modo que me fui, bajando a trancos aquella gran escalera derrumbante que él iluminaba desde lo alto, desde el corredor, con una palmatoria en la mano.

EL viejo Empédocles era otro misterio que se me desvelaba, otra devaluación de la realidad, y escribía yo, en la habitación azul, en un diario íntimo que había empezado: "La gente tiende a enfatizar sus problemas, sus cosas, a creerse siempre protagonista de algo. Viven intensamente en un mundo que es aburrido. Tienen la convicción de su importancia, de su trance, de lo enzarzado de sus vidas. Yo, por el contrario, creo que la vida es mediocre como tal vida, pero como novela no resiste una primera lectura. Empiezo a sentirme protagonista de una novela mala y provinciana, con frailes tontos, pescaderas enamoradas y artistas de pega. Habría que ser grande constantemente y uno sólo consigue ser constantemente tonto. Me parece que es lo que alguien ha llamado tragedias de la vida vulgar. No es un principio ético el que me impide hacer un matrimonio de conveniencia con María Antonieta. Es un principio estético. Me encantaría ser protegido y mantenido por una marquesa. No puedo soportar serlo por una pescadera. Y para toda la vida. Del mismo modo, no es un afán de justicia, de trabajo, de libertad, lo que me distancia cada día de mi ciudad, de mi mundo, sino un puro afán estético. No tanto como romper con la pobreza, lo que quisiera es romper con la fealdad y...". Y mi primo tocaba el laúd y yo me iba a la calle, como casi todas las noches, ya, sintiendo que los fondos y trasfondos de la ciudad, en los que yo había cifrado un mundo a descubrir y a vivir, iban cayendo ante mí y no eran nada. El Círculo Literario, la Casa de Quevedo, la congregación, el café cantante, Darío Álvarez Alonso, Empédocles y todo lo demás. Pequeños

161

mundos codiciados toda una vida y agotados en un día.

Empezaba a temer que esta sensación de mediocridad, de ridículo, de estar viviendo con énfasis pequeñas cosas comunes, me iba a acompañar ya siempre, en todas partes, pero esto estaba aún sin formular claramente en mí, porque había por delante ciudades, gentes, aventuras, toda una cultura y toda una vida, pero en aquel momento me sentía como preso en las páginas de una novela densa y mala. Iba por calles llovidas hacia el café cantante y todavía el hecho de salir de noche era una aventura y las viejas casas eran masas oscuras que se dulcificaban con la luz de los hogares, de las ventanas, a veces sólo una rendija, y las últimas noticias de la radio, que llegaban de los interiores cálidos, o el llanto de un niño.

En el café estaba Darío Álvarez Alonso, solo en su mesa, y sabía ya algo de mi visita a casa de Empédocles:

—Cuidado con el bujarrón —me dijo.

Estuvimos viendo bailar a Carmencita María, y yo esperaba a que ella terminase para que viniera a sentarse con nosotros, pero Darío me informó de que había llegado un individuo de Madrid, a verla, y que aquella noche no íbamos a tener tertulia. Efectivamente, debajo del tablado, en una mesa sola, situado de forma que no podía ver a las bailarinas, había un individuo de pelo negro, muy peinado hacia atrás, bigote enérgico y traje cruzado, evidentemente forastero, que fumaba en silencio y quietud. Tenía delante una copa de champán y al lado el cubo de hielo con la botella. Se estaba corriendo una juerga seria bajo el repiqueo de los pies de su amada, a la que no veía. El tipo tenía aura madrileña, indudablemente, con su porte envarado y su indiferencia hacia el medio que le rodeaba. A medida que avanzó la noche, el madrileño se quitaba y se ponía unas gafas oscuras. Quizá esto era en él un gesto de impaciencia, como en otros mirar el reloj, o quizás una defensa instintiva, una máscara.

De modo que Carmencita María tenía un secreto, aquel secreto, y me lo había ocultado —¿y por qué no iba a ocultármelo?—, y estaba allí haciendo la farsa de la artista sacrificada que baila en los cafés de provincias, y tuve algo parecido a los celos, y me resultaba una grosería que aquel tipo estuviese debajo del tablado, sin ver y sin ser visto, como despreciándonos a todos y, sobre todo, despreciando el arte y los muslos de su querida, que sin duda podía disfrutar con más calma y soledad. Me acordé de lo que había escrito en mi diario pocas horas antes, en la habitación azul, y luego le dije a Darío que podíamos irnos a dar una vuelta, puesto que no había para qué esperar a las bailarinas, y Darío me dijo que tenía que ir al periódico a entregar un original. Pagamos y salimos del café cuando la artista vieja hacía su número, pero me hubiera gustado irme delante de Carmencita María, mientras ella bailaba en el tablado, para mostrarle así mi condenación moral y mi desprecio, y pensé en Cristo-Teodorito y me sentí Cristo-Teodorito y sonreí. Pero estaba herido sombríamente en el pecho. Una ráfaga de palmas, taconeos y músicas nos acompañó un momento hasta la calle, al abrir la puerta del café, y luego nos encontramos solos en la noche, camino del periódico.

Darío Álvarez Alonso, a pesar de todo, seguía siendo el hombre ideal para pasear. Tenía el arte de pasear a la española en una época en que se decía que ya nadie paseaba, y, siendo tan joven, se paraba en ciertas esquinas, en ciertos párrafos, como hacen los maduros oradores callejeros, los senadores que van de paseo exponiendo su programa de gobierno a otro senador.

La noche hace más míseros los barrios míseros y más nobles los barrios nobles, de modo que aquellas calles céntricas ganaban prestigio con sus luces solitarias, sus brillos de lluvia y sus perspectivas alargadas por la soledad. Fuimos camino del periódico, despacio, mientras Darío hablaba, y pensaba yo con cierta lástima que, efectivamente, el verbo de aquel hombre iba dejando de ser fascinante para mí. Ahora le escuchaba, pero no le oía, o bien al contrario, y hubiera querido recuperar aquella fascinación de cuando la carbonería, la magia de aquella tarde en que yo, por primera vez en mi vida, había paseado la ciudad del brazo de un escritor, de un verdadero escritor, y no podía creer que los grandes escritores nacionales, si algún día llegaba a su trato, se me fueran a borrar con la misma facilidad con que se me había borrado la elocuencia de Darío Álvarez Alonso.

De todos modos, él era el que podía entrar en el periódico a cualquier hora, la cara conocida, el colaborador sin honorarios, pero con prestigio, de modo que llegamos allí cuando ya las máquinas estaban paradas, los obreros se iban yendo y los redactores habían desaparecido.

—Ven —me dijo Darío—. Te gustará ver esto por dentro.

A pesar de todo, Darío Álvarez Alonso seguía teniendo el sentido sagrado de la literatura y el periodismo, y su sensibilidad no dejaba de indicarle lo que había de ser para mí entrar por primera vez en un periódico, como sin duda lo había sido para él no hacía tanto tiempo.

Me cogió del brazo, otra vez en su papel de introductor y de maestro, y primero cruzamos una penumbra de oficinas cuyo olor debiera haberme sido familiar y odiado si no viniese unido al olor de la tinta de imprenta, más penetrante que todo, y que bañaba incluso las dependencias burocráticas del periódico, como un mar de tipografía, absorbiendo y envolviendo el lugar en la magia de lo literario. Luego, por unas puertas y mamparas de cristal, pasamos a las grandes naves de las máquinas, donde aún había algunas bombillas encendidas y algunos obreros cambiando el mono azul por la chaqueta. Eran tiempos en que los periódicos se cerraban pronto y generalmente se hacía por orden telefónica del gobernador.

—Espérame por aquí, que subo a entregar esto —dijo Darío.

Y se fue. Oí sus pasos en unas escaleras metálicas. Así,

a solas, sin el didactismo de mi amigo y maestro, recorría todo aquello sin saber lo que era cada cosa, pero me encontraba más a gusto con mi emoción paseando entre las máquinas como un egiptólogo entre las pirámides, como un antropólogo entre los bisontes de Altamira. Era lo mío un sentimiento religioso y emocionado. De modo que aquellos mamuts de acero eran como la artillería pesada del periodismo y la literatura. Prefería no conocer el nombre ni la utilidad de cada máquina, porque la ignorancia es siempre más lírica que la erudición, y me bastaba con saber que aquellos monstruos sombríos y gratos, aquellos quietos paquidermos estaban traspasados de la sensibilidad del que escribe, eran máquinas inteligentes que ponían en limpio el pensamiento siempre confuso del hombre, la caligrafía difícil del periodista y el poeta.

Y olían. Olían aquellas máquinas a papel y a grasa. Olían como el periódico, pero de una manera más intensa y profunda. El olor del periódico, que desde la infancia me había turbado al llegar a casa por las mañanas, almidonado y crujiente de noticias, no era sino una brisa lejana de su origen: este olor reconcentrado y empedernido de los talleres. Aquí estaba el bosque y yo me había emocionado durante años con una brisa desprendida de este bosque, que llegaba hasta mi hogar con su temblor de actualidad. Y nunca se me había ocurrido ir yo al bosque, ya que el bosque venía a mí cada mañana, e incluso cuando Darío Álvarez Alonso me dijo que teníamos que ir al periódico, aquella noche, no le di mayor importancia a la cosa, abstraído como estaba en mi inesperado y confuso dolor por la traición —qué palabra— de la bailarina.

Pero, al fin, Pulgarcito en el bosque de las palabras, yo estaba allí, perdido entre aquellas máquinas que tenían algo de centenarias. Y yo había escrito aquella misma noche en mi diario que no me quedaba ya nada por descubrir en la vieja ciudad. Acababa de entrar, inopinadamente, en lo más profundo de mi vocación, en la catedral sumergida del periodismo, y cada una de aquellas grandes máquinas era como un altar de sombra donde hubiera querido oficiar, siquiera fuese de linotipista. Pensé en Miguel San Julián, que estaba familiarizado con otras máquinas, y envidié su facilidad para tratar a esta nueva especie viva sobre la tierra que son los organismos de hierro y acero. Hay hombres, como Miguel San Julián, que saben hacer hablar al hierro y al acero, saben hacerse comprender por los metales, los tornan dóciles y les amaestran, les curan sus dolencias, les obligan à confesarlas. Cómo me hubiera gustado saber y poder hablar con aquellas máquinas del periódico, como sin duda lo hacía aquel hombre que ahora dejaba su mono grasiento colgado en algún pico, en un rincón, y se iba a dormir envuelto en una gabardina.

Darío Álvarez Alonso podía ser mentira. Los escritores del Círculo Académico podían ser mentira. Y los de la Casa de Quevedo. Víctor Inmaculado podía ser mentira, desaparecido en su poca estatura y en la penumbra del seminario de Letras. Pero aquellas máquinas eran verdad. El periodismo existía, y la literatura. La palabra existía, y aquella legión de acero estaba al servicio de ella, para descifrarla y difundirla.

Para fijarla eternamente. Escribir no era un sueño de la habitación azul. Escribir era real. Aquellos buenos monstruos llenos de rodillos, palancas, ruedas, planchas y émbolos, lo hacían real. El pensamiento vago y dudoso de un hombre en soledad se hacía contundente gracias a aquellos seres quietos y poderosos. Cuando volvió Darío Álvarez Alonso, yo, avergonzado de mi emoción y porque no la notase, le pregunté si había encontrado alguien a quien entregar su colaboración y sobre qué versaba ésta. Todavía paseamos un rato por las calles, pero yo llevaba siempre dentro el olor acumulado y acre de la gran imprenta, como cuando subía al monte y me quedaba su aroma, de modo que retardaba el ir a la cama porque no se me borrase aquello.

EL amor maldito de Tati y Cristo-Teodorito andaba por las tapias y las traseras del barrio, por las rinconadas y las esquinas. Era un amor perseguido, mal visto por unos y por otros, pues a los amigos y allegados de la familia de Tati les molestaba que niña tan malfamada pudiera casar con el muchacho más recto de la plazuela, y en cuanto al círculo de empleados, virtuosos y familias modelo que rodeaba a los padres de Cristo-Teodorito, los amores del chico les proporcionaban una ocasión de acometer contra Tati, que iba para mala mujer, y de paso contra el propio Cristo-Teodorito, cuya ejemplaridad sin duda les tenía muy hartos, y que por fin había incurrido en la tan esperada caída, aunque la gente hubiera previsto más bien un suspenso en la carrera o una boda por debajo de sus posibilidades, antes que aquel noviazgo escandaloso con la más libre del barrio. Ellos, ajenos a todo esto, o perseguidos por todo esto, andaban al mediodía por las tapias y los jardines, cogiéndose de la mano, besándose a escondidas, y se les veía a la orilla del río, volcada ella sobre él, y camino del monte, adonde yo subía solo a sentirme Nietzsche/Unamuno y ellos subían a hacer el amor. Estaban en las casas en ruinas, a la media tarde, o en los cimientos de aquellas construcciones que, con la revolución y la contrarrevolución, se habían quedado en eso, en cimientos. Estaban tomando el sol a la puerta de las iglesias, con los mendigos y los niños, o paseando por el camino del cementerio, y se decía que se les había visto bañándose juntos en la acequia (a la que yo ya no iba) o. tomando el autobús que llevaba a los pinares, y cada día era un escándalo y, sin duda, Cristo-Teodorito desatendía sus estudios y debía de haber abandonado la congregación, con su billar y sus salves, y algún domingo llegaron a la suprema profanación de acudir juntos a misa de doce, a la parroquia, cogidos de la mano, entre las familias olorosas a virtud y los novios formales, provocando con esto el desmayo de la madre de Cristo-Teodorito, a la que hubo que sacar al atrio a respirar, mientras el veterinario huía en su viejo citroën a los pueblos más lejanos de la comarca, quién sabe si buscando mulas moribundas o desentendiéndose de aquel escándalo que a él, hombre sencillo familiarizado con la verdad zoológica de la vida, se le escapaba un poco de las entendederas.

Yo les veía, a Tati y a Cristo-Teodorito, por los desmontes, entre los conventos quemados cuando la revolución, que erguían aún su piedra negra como una acusación de los vencedores a los vencidos, y al principio me hacía el distraído, como cuando les sorprendí por primera vez en mi portal (al que no volvieron, quizá por miedo de él al encuentro), pero luego les saludaba de lejos, les hacía un gesto alegre con la mano, para que supieran —para que supiera él— que yo por lo menos estaba con ellos, que no me parecía mal nada de aquello (si bien estaba seguro, o creía estarlo, de que mi amigo iba a salir malparado sentimentalmente de la aventura, mientras que ella le cambiaría pronto por otro: pero esto no le quitaba hermosura a la historia, sino que quizá se la añadía). Hacían buena pareja y esto es lo que la gente menos perdona en la vida: que se haga buena pareja. Se puede perdonar a una mujer que sea hermosa si se ha vendido en matrimonio o sin matrimonio a un miserable: se la desprecia y ya está. El desprecio es vacuna que cura de peores sentimientos, por ejemplo de la envidia. Se puede perdonar a un hombre que triunfe si lleva al lado una mujer "que no se la merece". La sociedad, aquella sociedad nuestra de la plazuela, del barrio, hecha de artesanos ignorantes, pequeños burgueses sumisos y aristócratas inconmovibles, necesitaba una ley de compensaciones, una justicia implícita en la marcha de las cosas, un castigo y una recompensa en esta vida (porque en el fondo dudaban mucho de la otra) y les tranquilizaba la sombra de la fealdad o del dolor junto a la luz de la belleza y la felicidad, como les quitaba remordimientos una candela de alegría casual en la penumbra de las vidas peores. Allá al fondo del barrio, donde éste se iba confundiendo ya con la línea verde y rubia del campo, con las márgenes del río o los paseos de moreras, brillaba siempre el pelo de mi amigo y doble, la melena roja de ella, al sol de las mañanas y de las tardes. Eran las más hermosas e intolerables historias de amor que había vivido nunca la barriada. El padre de Cristo-Teodorito, cuando salía para la oficina, por las tardes, después de comer, tenía que bajar la cabeza (aquella cabeza erguida tantos años) al pasar por ciertas calles, para no ver al fondo la llama rubia y remota de la cabeza de su hijo, que se alejaba hacia el río con la muchacha.

Aquel domingo por la tarde, por fin coincidimos todos en la vinatería de Jesusita. Ésta desapareció pronto con Miguel San Julián, en los fondos más secretos y vinosos del almacén, que se reservaba para sí y para su amor. Me hubiera gustado charlar un poco con mi viejo amigo, pero Jesusita raramente nos daba tiempo. María Antonieta y yo, familiarizados ya con el lugar, nos besábamos entre los toneles, con besos de vino. Tati y Cristo-Teodorito estaban un poco violentos, sobre todo él, pues sin duda Tati había vivido allí otras aventuras. Tati le servía vino y Cristo-Teodorito rehuía mi mirada. De pronto, María Antonieta me dijo:

—Seguro que tienes muchas cosas que hablar con tu amigo.

Fue hacia Tati y desaparecieron juntas detrás de una cortina. Luego se las oyó subir unas escaleras de madera con mucho ruido de sus tacones altos del domingo. Me acerqué a Cristo-Teodorito, que estaba de pie, rígido, grave. Tenía al lado un pellejo reventón de vino, que con su vaga expresión de cerdo oscuro y borracho de orejas tiesas, contrastaba con la dignidad y la seriedad del rostro de mi amigo. "Aquí se está fresco", le dije. (Ya empezaba a hacer calor de verano en la calle.) Era una trivialidad, la única que podría no herir a aquel ser que yo veía torturado. Rompió a hablar sin mirarme:

—La quiero, estamos enamorados. Me quiere mucho. Vamos a casarnos. No sé por qué todo el mundo está contra nosotros. Mamá está muy mal. Es lo que más siento. Incluso enferma. Por la congregación no me atrevo a aparecer. Papá ha debido hablar con el padre Valiño. Pero nos casaremos y haré mi carrera y...

Se interrumpió y bebió vino. Me dio pena. No por lo que le estaba pasando, sino porque lo vivía intensamente, apasionadamente, convencido de la grandeza de todo aquello, persuadido de la trascendencia de su historia.

—No sé qué pensarás de mí —prosiguió—. Te reirás, supongo. Siempre te he estado dando ejemplo, soltándote sermones. El padre Valiño, la congregación, los ejercicios. Tú eres un cínico, pero yo sigo creyendo en eso, yo soy el mismo de siempre. No ha cambiado nada. Tati es buena. Vamos a casarnos y mi vida será lo que siempre he querido que sea. Pensarás que he caído, que tenías tú razón, pero os demostraré a todos que no. Y sobre todo a ti, que eres tan cínico.

Me insultaba, tenía necesidad de insultarme. Se sentía culpable (la gran culpabilidad no se experimenta ante Dios, sino ante el diablo, y el diablo era yo).

—... y se lo demostraré sobre todo a mamá, que ahora está tan mal...

Y al hablar de su madre estuvo a punto de llorar. Era lamentable. Estaba allí con su pelo todavía peinado con colonia infantil, con su cuello duro, de hombre, amorosamente almidonado por su madre a la par que el del esposo, con su traje de los domingos y la insignia de la congregación en la solapa: aquella congregación que sin duda le había rechazado mientras no atajase y purgase su culpa. De pronto dejó de interesarme el asunto. Había pensado que íbamos a tener una conversación más interesante. Otra historia mediocre. Me fingí afectado por piedad o por timidez. Ya me daba igual todo aquello. Prefería buscar a María Antonieta y hacer el amor con ella, sobre los pellejos, con vino o sin vino, con baño o sin baño. Le tomé un brazo, dije algo. No te preocupes, todo se arreglará, ya sabes que yo te comprendo. Al fin y al cabo, lo mío con María Antonieta. (Pero lo mío con María Antonieta no tenía nada que ver: de mí ya no esperaba nadie nada, y ella era mucho más libre que Tati: sólo tenía una madre borracha.) Me alejé de él y subí por la escalera lentamente, tras las muchachas. Aquella escalera, casi vertical, tenía hacia la mitad un ventano que ahora estaba iluminado. Al llegar a la altura del ventano, me detuve a mirar. El cristal estaba sucio, tenía cadáveres de moscas como vistas en espectro, y manchas de vino secas. Lo que vi me hizo bajar la cabeza, esconderme. Estuve quieto en la oscuridad de la escalera, sin respirar apenas. Luego me asomé otra vez con más precaución.

Era una habitación pequeña, algo así como un escritorio. Allí debían llevar las cuentas de la vinatería. Había una mesa vieja, de despacho, con papeles, un ventilador roto y un flexo apagado. La luz venía de una pequeña bombilla que había en el techo. Vi también unas sillas llenas de papeles, carpetas y archivadores. Y un archivo que llenaba una de las paredes. En otra pared había una acumulación de calendarios con ilustraciones en las que se repetía el motivo de la vendimia, las uvas, las bellas viñadoras, el mosto, el vino y el amor. Junto a la mesa del despacho había una pequeña cama y en la cama estaban Tati y María Antonieta, con las ropas revueltas, besándose en la boca. Tati estaba inclinada sobre mi novia y le andaba con una mano en los pechos. El espectro de una mosca pegada en el cristal me tapaba la cara de mi amor.

Se movieron lentamente, se revolcaron, vi las piernas tan esbeltas de María Antonieta y la braga roja de Tati. Baudelaire había cantado el amor de las lesbianas, según me dijo una noche Darío Álvarez Alonso. Yo había leído en la habitación azul una biografía de Safo de Lesbos, en colección de bolsillo de antes de la guerra, con cuatro notas eruditas del Espasa y mucha pornografía. La identidad de los cuerpos de las dos muchachas, la identidad de sus sexos, hacía de ellas como un solo ser plurimembre y armónico, lascivo y sonrosado. Aquello no era desagradable de ver, ni mucho menos. Tuve la sensación de que lo sabía desde hacía mucho tiempo, de que debía haber sabido desde el primer día —¿desde qué primer día?— que Tati y María Antonieta tenían comercio carnal, buscaban una en la otra ese hombre mutilado que es la mujer, a falta de hombres no mutilados, o por puro vicio, capricho o malformación. Estuve un tiempo en el ventano, quién sabe cuánto, contemplando, a través de las moscas y las manchas de vino, la fluctuación lenta y para mí silenciosa de aquellos dos cuerpos jóvenes, de aquel solo cuerpo múltiple, de aquella cosa obscena y grata, apasionada y musical, que se movía en un fondo irreal y triste.

Cuando bajé en silencio la escalera, procurando no hacerla crujir, y levanté la cortina, Cristo-Teodorito estaba en el mismo sitio donde le dejara, pero se había sentado en una cuba y bebía despacio. "Ahora bajan", dije. Me miraba con sus ojos nobles, que por lo visto eran parecidos a los míos, pero más luminosos, más limpios, más claros. Parecía más sereno. Quizás había aprovechado la soledad para rezar algo. Quizás era el vino. "Perdona, me dijo. Perdona si te he molestado. Pero la quiero y nos casaremos. Tú que eres mi amigo lo sabes." Bebimos como brindando tácitamente por su felicidad. Yo también me senté, porque estaba muy cansado.

NADA más llegar al café, Darío me dio la noticia. Se ha ido el madrileño. Gracias, dije, sin saber de qué le daba las gracias. Carmencita María bailaba una rumba gitana en el tablado, pero yo no alzaba la cabeza para mirarla. Quería hacerle ostensible mi desprecio, mi condenación, mi indiferencia, mi dolor. Comprendía que estaba siendo más Cristo-Teodorito que nunca, pero experimentaba al mismo tiempo, por encima de mi tan elaborado escepticismo, la oleada de la vida, de los sentimientos, que no dejaba de ser confortable, pues suponía sentirse vivo. Así, el lúcido, el escéptico, el cínico, asiste a sus propias emociones y quizá las encuentra mediocres, pero se deja ir por la fuerza de las cosas y porque, a cambio de esa mediocridad, o frente a ese sentido crítico, está la emoción embargante de la vida, el calor de los sentimientos, que es como un licor estimulante, aunque esos sentimientos sean amargos o dolorosos. Con nosotros, en la mesa, el viejo Empédocles y otros dos individuos a los que yo sólo conocía de vista, y que me fueron presentados. Eran Teseo y Diótima, que formaban con Empédocles algo así como el gran trío de malditos de la ciudad.

Nunca supe si Teseo se llamaba así o lo suyo era también un mote, como lo de Empédocles. A Teseo le veía yo desde mi infancia, por las esquinas de la ciudad, grande y viejo (siempre había sido igual de viejo), morado de frío o congestivo y apopléjico, acechando a las niñas, exhibicionista y sórdido, con grandes abrigos negros de piel (tuvo una época dorada) o paseando solitario.

Teseo era pintor, un pintor que durante su juventud

había ganado algunos premios importantes, oficiales, en las exposiciones nacionales de Madrid, y al que en la prensa de la ciudad se le daba ya tratamiento de gloria nacional. Pero Teseo, que había hecho repetidos intentos de asalto a la gloria madrileña, no tuvo suerte o no tuvo fuerza (a la fuerza se le suele llamar suerte y viceversa) y al final optó, o le "optaron", por quedarse en nuestra pequeña ciudad, como pintor de moda entre las clases altas, haciendo retratos elegantes a las damas y a sus hijos, pues lo que mejor le salían eran los niños y las niñas (en puridad las niñas, pues a los niños también les daba un volátil aspecto de chicas). Teseo era soltero y vivía solo. Parece que llegó, incluso, a abusos o intentos de abuso con una niña rubia, de nueve años, hija de unos nobles de la ciudad, que estaba posando para él con un gatito en el regazo.

De modo que Teseo fue siendo marginado por aquellas clases privilegiadas e implacables, y se quedó sin la gran gloria nacional y sin la pequeña gloria local, que tanto dinero le había dado. Ahora vivía agotando los restos de ese dinero, y los retratos de niñas ya no le proporcionaban unos miles de pesetas, sino que le costaban unos duros, pues sólo pintaba gitanillas hambrientas que buscaba y encontraba por las esquinas, y que posaban para él cobrándole previamente, aleccionadas como estaban por sus padres, que ya conocían al viejo sátiro. Una familia de gitanos se le presentó una vez en el estudio (que tenía en la parte vieja de la ciudad) y, so pretexto de que había intentado abusar de su pequeña modelo, le rajaron todos los lienzos, pintados y en blanco, con sus grandes navajas largas, se llevaron cacharros, dinero y comida, y le rasgaron de arriba abajo su gran abrigo negro de pieles, que tenía puesto por el frío, con otra navaja que recorrió su corpachón como un relámpago y sólo por un milagro no le entró en la carne. (Con este episodio venía a desmentirse en parte mi teoría de que los gitanos eran un mundo y una cultura marginales a los nuestros, pues sus códigos del honor y la paternidad, de la venganza y la ley resultaban ser irónicamente semejantes a los de las grandes familias que vivían en la acera de las casas blancas, frente al parque.) Teseo y Empédocles, de pecados tan disímiles y tan iguales al mismo tiempo, habían acabado por encontrarse en los fondos malditos, inevitablemente, en el légamo de su deshonra y abandono, y había nacido entre ellos la camaradería que nace entre los peces abisales que no ven nunca la luz del cielo y forman una sociedad aparte, en el fondo del mar, frente a los peces de superficie.

Con ellos iba siempre aquel muchacho menudo, delgado, triste, de sonrisa enferma y gafas miopes, a quien llamaban Diótima, porque era poeta enamorado literariamente de Hölderlin, y como la amante de Hölderlin se llamaba Diótima, habían encontrado pertinente llamarle así. Diótima tenía el pelo rubio y escaso, a pesar de lo cual se advertía que era muy joven. Hablaba con pedantería y suficiencia, lentamente, en voz muy baja, incluso allí en el café, donde el rumor de las conversaciones y el jaleo del tablado impedía oír absolutamente nada de lo que estaba diciendo o recitando, que generalmente eran poemas de Hölderlin aprendidos en las malas traducciones castellanas de las malas traducciones francesas. No se sabía si Diótima tenía amores inconfesables con Empédocles, con Teseo, con los dos o con ninguno de ellos, pues a cierta altitud de la miseria y la depravación se pierden las fronteras y las nociones, y todo parece posible, quizá porque nada es ya posible.

Empédocles y Teseo, tan viejos, tan vividos, tan abrasados por la vida ¿cómo podían distinguir su pecado uno del otro, aunque fuese tan diferente y el mismo? Vivían la camaradería del mal, quizá, como la vivieron Verlaine y Rimbaud, en Londres, a tiros y borracheras, y eso era todo. Diótima, cerca de ellos, se licenciaba en satanismo y pronto vi, por lo poco que podía captar de su conversación, que nos despreciaba a todos, a los que él consideraba poetas burgueses: a los del Círculo Académico y los de la Casa de Quevedo, a Darío Álvarez Alonso y a Víctor Inmaculado y sus ocho horas diarias de estudio a oscuras. Absolutamente a todos.

"Darío está vendido a la prensa local, dijo, y los del Círculo son unos mierdas y los de la Casa de Quevedo unos cursis". Darío Álvarez Alonso no cobraba un duro por sus colaboraciones en la prensa local, pero de todos modos estaba vendido, y ni siquiera quise utilizar este argumento económico para defender a mi amigo, porque de pronto me pareció pueril, y lo que yo iba viendo era una versión de nosotros absolutamente insospechada, mediante las palabras sibilinas de aquel muchacho, que casi me hablaba al oído para neutralizar el ruido del local. Yo había sentido que Darío Álvarez Alonso era un auténtico maldito, yo mismo empezaba a sentirme un desclasado respec-

180

to de todo lo que me rodeaba, pero he aquí que había un muchachito feble y listo, viciosillo y expresivo que me tenía por un joven poeta burgués, señorito. Y es que siempre hay alguien más a la izquierda, alguien más hundido en el mal, porque lo fascinante del mal es que no tiene fondo.

Por aquel trío de auténticos malditos —a los que siempre había mirado con curiosidad, juntos o por separado—, comprendí que Darío Álvarez Alonso iba camino de ser el poeta local, la gloria municipal, y quizá yo también, pero por otra parte no acababa de creer en la gloria negra de aquellos hombres: Empédocles había sido un músico burgués hasta que la burguesía le hubo rechazado. Teseo había sido un pintor burgués hasta que le pasó lo mismo. ¿Y Diótima? Quizás Diótima estaba con ellos por mera fascinación literaria del mal, o por esa necesidad de padres, en plural, que tiene el adolescente, y que él había encontrado en ambos viejos como Darío en los distinguidos poetas de la Casa de Quevedo. ¿Por qué no me unía yo a ellos, por qué no dejaba el empleo y la familia y me iba a vagabundear con aquellos tres locos? Yo iba buscando el límite real de las cosas, hacia arriba o hacia abajo, y si bien hacia arriba no sabía dónde estaba el límite, era claro que hacia abajo el límite eran ellos. No se podía caer más.

Imaginándome camarada de los tres artistas mendigos, comprendí que no, que aún había en mí ganas de luchar, de hacer cosas, de subir y no de bajar, y esto no dejó de avergonzarme un poco, pero antes de llegar adonde ellos habían llegado tenía que probar a mantenerme a flote, como Empédocles y Teseo habían probado. Lo más probable es que se acabe siempre así, me dije. Diótima se ha limitado a eliminar rodeos, a ganar tiempo y a empezar por el final. Pero yo quería empezar por el principio.

El espectáculo había terminado. Carmencita María y la bailaora vieja vinieron a nuestra mesa. Después de la conversación con Diótima, la verdad es que me resultaba ridículo hacerle una escena de celos —¿celos de qué y por qué?— a Carmencita María, de modo que no me costó nada estar natural. Empédocles se puso en pie y nos llevó a recorrer tabernas. "Es la hora de las ojeras y las manos sucias", dijo. Al parecer, es lo que decía siempre.

Estuvimos en tabernas hondas, pequeñas, lejanas, tabernas negras donde yo no había entrado nunca, tabernas con unos borrachos estáticos que parecían mirar el curso quieto de un río invisible. Darío hablaba mucho con la vieja bailaora, que era como una gitana limpia pintada de piel roja. Debía encontrar en ella un interés literario, exótico, que fascinaba a lo que él tenía aún de poeta modernista. Carmencita María se había cogido de mi brazo y del brazo de Empédocles. La llevábamos en medio y Empédocles hacía conciertos de violín con el ruido de la boca. Teseo y Diótima hablaban entre ellos, y parecía que Teseo le trataba al joven poeta con cierto paternalismo divertido. Diótima insistía en que Teseo era el mejor retratista de España, después de Velázquez, y que él iba a escribir un tratado en verso sobre los retratos de Teseo.

—Bebe y calla, Diótima —decía Teseo con buen humor.

En todo caso me avergonzaba haber estado a punto de ser el marido de la pescadera. Los borrachos nos miraban como sin vernos y un ciego del cupón nos cantó flamenco, muy bajo, poniendo los ojos locos, revirados y sin luz, y un gesto de alimaña en la boca, como si fuese a morder en lugar de cantar.

Acabamos en casa de Empédocles, que por lo visto era donde se acababa siempre, subiendo a trompicones la negra escalera enorme, entre gritos, cantos, jipíos y risas. "Váis a despertarme a los vecinos", decía Empédocles, riendo mucho de aquellos inexistentes vecinos. En el piso hubo más vino y Empédocles sacó el violín y tocó algo de Falla que las dos bailaoras interpretaron dentro de sus vestidos de calle, hasta que todos estuvieron muy borrachos.

Luego, Carmencita María y yo estábamos en una alcoba de cama negra y palmatoria. Ya desnudos, miré por la rendija de la puerta. A la luz de las velas, Empédocles tocaba un tango en su stradivarius, y Teseo lo bailaba con Diótima, muy galantemente. Darío hablaba todo el tiempo con la vieja bailaora, que tenía cara de sueño y de no entender. Cerré la puerta y me volví hacia el lecho. Carmencita María, sentada en la cama, blanca contra las negras maderas de la cabecera, parecía dejar que se incendiase su cuerpo desnudo en la luz de la palmatoria. Reía y le brillaban los ojos. ¿Estás contento? dijo. Carmencita María, en el amor, era fácil, ligera, graciosa, riente, practicable y refrescante como espuma de jabón o agua de manantial. Nos dormimos escuchando el stradivarius de Empédocles, envilecido de tangos y milongas.

INCLUSO aquí, amadísimos hermanos, en nuestra querida parroquia, germina el mal, anida el pecado y triunfa el demonio, incluso aquí, entre nuestros amadísimos feligreses, se perturban las clases, se mezcla el bien al mal, el pecado a la virtud, el demonio de la concupiscencia al ángel de la castidad, y eso no hemos de consentirlo en nuestro amado rebaño, que no es sino reflejo de nuestro amado país, en el que sucesivas cruzadas gloriosas, han desterrado para siempre la confusión, el desorden, poniendo el orden, como debe estar (y cito a un ateo extranjero tan lúcido como soberbio), por encima incluso de la mezquina justicia de esta tierra.

Todo se sabía en el barrio. La madre de Cristo-Teodorito había ido a hablar con el párroco, don Martín, para exponerle la desgracia de su hijo y el escándalo de toda la plaza. Algo he oído, hija, algo he oído. Don Martín era párroco viejo, amortecido, con un parecido curioso y evidente, en los rasgos de la cara, con el golfo Teseo, como un Teseo santo, seco, torpe ya, casi ciego, y muy respetado por todas las clases sociales de la parroquia. Quizá era el doble santo de Teseo como yo era el doble maldito de Cristo-Teodorito. Don Martín, tan impedido ya en sus menesteres, confiaba la marcha de la parroquia a su coadjutor, un brillante sacerdote joven que había hecho la guerra con el grado de alférez y que se llamaba don Agustín.

Don Martín, al parecer, le había pedido a don Agustín que predicase en la misa de doce del domingo,

184

denunciando el caso con buenas palabras y en clave. Don Agustín empezaba a estar prestigiado en el barrio, e incluso en la ciudad, por su verbo de predicador, menos metafórico que el del padre Tagoro, pero más conceptual y avanzado, de modo que allí estábamos todos, en la misa de doce del domingo (la voz se había corrido en seguida) escuchando a don Agustín, desde los padres afligidos, sencillos y desconcertados de Tati hasta doña Victoria, la marquesa, que generalmente evitaba la misa de doce dominical, por mundana, y ella, que todos los días del año acudía a misa temprana, el domingo se hacía decir misa en la capilla de su casa-palacio de la plaza, lo cual tampoco dejaba de ser un recurso para asegurarse de que sus hijos, hijas, yernos, nueras, cuñadas, nietos y nietas cumplían el precepto dominical, pues con todos ellos llenaba la pequeña capilla jesuítica del hogar. El hecho de que doña Victoria, la marquesa, estuviese allí, presidiendo tácitamente la misa de doce, en su alto sitial, era prueba clara de que los grandes del barrio, las clases pudientes, los de los patios con fuente y los grandes automóviles negros que dormían el sueño invernal en las cocheras, estaban dispuestos a intervenir en el caso y a poner orden y moralidad en su reino.

María Antonieta me había llevado a misa de doce. Me llevaba siempre que podía. No tenía María Antonieta mi descreimiento intelectualizado y precoz, sino un descreimiento natural y saludable de pescadera que se ha acostado con futbolistas, pero le gustaba la pompa y la circunstancia de la misa de doce, le gustaba hacer lo que hacían las señoritas, aunque éstas dijesen "mira la pescadera". Pero también habrían de decir "mira las joyas de la pescadera", bien evidentes, y eso la compensaba.

Antes de nuestro amor, María Antonieta iba a misa de doce con su madre. Pero ahora prefería ir conmigo. Sin duda yo le lucía más y, por otra parte, la vieja pescadera estaba cada día más enferma e hinchada de orujo. Pues la pescaderita tiene un novio señorito, imaginaba ella, sin duda, que decían las otras muchachas, y yo me temía que añadiesen: señorito arruinado, señorito raído, pero señorito al fin. Y con guantes amarillos, eso sí, que yo me presenté aquel domingo memorable, en misa de doce, con mis guantes amarillos, no sé si por provocación, por prurito de elegancia, de dandismo precoz, o sencillamente por atraer hacia ellos las miradas y apartar así la atención de mi ropa vieja, brillante de uso, mate de remiendos, de mi camisa tazada, mi chaqueta lamentable, mi corbata mustia, mi pantalón, que ya nadie me planchaba en casa, y mis pobres zapatos remendados, deformados, brillantes de un betún casero donde el sebo dejaba rastros blanquecinos que yo no veía en la penumbra de las habitaciones interiores, cuando me abrillantaba los pies, pero que resultaba nauseabundo a la luz del domingo y el mediodía. "¿Qué va a pasar con lo de Tati?", le pregunté a María Antonieta. "No sé. Casi ni puedo hablar con ella". "¿No crees que va a acabar mal esta historia?". Se encogió de hombros. "A Tati le conviene mucho tu amigo".

Comprendí el significado de estas palabras hasta mucho más allá de donde ella sospechaba. Seguramente, Tati, gracias al amor de aquel muchacho (qui-

186

zá el primero de quien realmente se enamoraba) se estaba redimiendo del vicio homosexual que yo les conocía a las dos ninfas, como quizá María Antonieta se estaba redimiendo gracias a mí, pese a que siguieran teniendo alguna caída inevitable, como aquélla que yo sorprendí un domingo por el ventano de la vinatería. Posiblemente, aquel vicio les venía de la infancia, como a tantas niñas, de buscar una en la otra el hombre imposible y, luego, de no encontrar en el hombre aquello que buscaban, y también de la inercia de su vicio, pues ya se sabe que el remedio suele ser mejor que la enfermedad (y no peor, como dice el pueblo), de modo que el opio que cura un dolor se convierte, de mero remedio que era, en el mayor placer de una existencia, en placer insustituible. Pero ellas se estaban sustituyendo a sí mismas por nosotros, o al menos así lo razonaba yo, en mi afán impenitente por teorizar y hacer psicologismo, que era la última fiebre que me había cogido.

Actores y espectadores del drama estaban allí, en la iglesia, y la misa, dado lo avanzado de la estación, se decía con las puertas abiertas, de modo que a un extremo del profundo ámbito estaba el altar, con su fulgor nocturno de luces, velas y oros viejos, mientras que al otro extremo estaba la gran boca del día, el "azul indestructible", que había leído yo en un modernista, llenando el portón y el portalón con su realidad y su libertad. Siempre que iba a la iglesia, yo seguía comportándome con absoluta corrección, pues había sustituido la unción de antaño por una especie de buenas maneras aristocráticas y deferentes (o que yo creía tales) y que querían ser como una concesión elegante a todo aquello en lo que ya no creía, una indulgencia de hombre de mundo, y respondían, asimismo, a mi nueva visión de la misa, del culto, de la liturgia en general, como una especie de representación, como un minué sagrado y antiguo en el que había que demostrar, cuando menos, el refinamiento y la clase, ya que todo era pura convención y valor entendido. ¿Acaso no hacía lo mismo don Agustín con su manera estudiada de recogerse el vuelo del manteo, de posar la mano levemente en el borde dorado del púlpito, o de alzarla en el aire morado blandamente, como para dejar que se posase en ella el halcón del concepto, en una cetrería a lo divino? Y allí estaba yo, elegantemente arrodillado, dentro de mi ropa pobre, con los guantes amarillos entre las manos, cogidas una a la otra con una mezcla de piedad y mundanidad que había visto en ciertos viejos y elegantes caballeros cristianos de cuya fe, a pesar de todo, me permitía dudar. A María Antonieta le halagaban mucho mis buenas maneras en la iglesia, como en el teatro, pues eran la prueba de que había elegido bien, aunque nada me decía sobre esto, y si quizá le desconcertaban un poco mis guantes amarillos, sin duda los tomaba como etiqueta más que como provocación. En todo caso, yo era uno que podía llevar guantes amarillos.

A don Agustín le había visto yo pasar, durante muchos años, por mi calle, desde la habitación azul, cuando él era muy joven, quizá un seminarista brillante, y cuando yo sólo era un niño. Ya coadjutor de aquella parroquia con ricos muy ricos y pobres muy pobres —una gran parroquia, por lo tanto—, y orador

188

sagrado de cierto prestigio, paseaba la calle, viniendo del arzobispado y yendo a la iglesia, con un libro abierto en la mano, en el cual leía, y que para mí era, no sé por qué, las *Confesiones* de San Agustín. Don Agustín era grande, fuerte, de rostro entre redondeado y enérgico, uno de esos cuerpos de coloso que la naturaleza se complace en adornar, también irónicamente, con un cerebro de intelectual, de modo que en don Agustín, entregado a sus meditaciones, sus libros y su oratoria, debía haber mucha energía reconcentrada, mucha fuerza recocida, un gañán poderoso y contenido, un mocetón estallante cuya vitalidad no entendía yo cómo podría desaguar aquel hombre de modales suaves, paso lento y hablar quedo. Siempre me impresionó aquel contraste entre la fortaleza de su cuerpo y la levedad de su vida, y cuando, de muy niño, había soñado ser cura (como todos los niños), sin duda me imaginaba aquel cura precisamente, don Agustín, fuerte, sano, sereno, dominante, seguro, plácido, sobrio, serio, lúcido como el otro Agustín, el de las *Confesiones* que él tanto leía o creía yo que leía.

A medida que su prestigio fue creciendo, le veía pasar por mi calle rodeado de muchachas piadosas, de chicas de velo y falda larga, algunas de hábito, que le hacían consultas, preguntas, cosas, y que sin duda vivían el enamoramiento casto y soso de aquel varón fuerte y celestial. Él les hablaba con sosiego, con cordura, no sé si envolviendo en su severidad algún rubor. Ahora usaba unas gafas negras, redondas, pequeñas, que le quedaban como encajadas entre la mejilla y la ceja, como dos monóculos negros, y

189

movía la mano izquierda, anillada, en el aire de la iglesia, suavemente, mientras su mano derecha reposaba sobre un libro negro que tenía en la balaustrada del púlpito, y que sin duda no era más que otro elemento que jugaba en la escena, pues sólo abrió el libro al comenzar, para leer una cita en latín, que evidentemente conocía de memoria, y pasar en seguida a acometer, en abstracto, jugando con lo preciso y lo impreciso, con los conceptos de juventud, guerra, pureza y clase, el amor y el pecado de la pareja rubia y roja que eran Tati y Cristo-Teodorito.

Don Agustín, se decía, iba a llegar muy lejos, a canónigo, a obispo, quién sabe si a cardenal, y allí estaba doña Victoria, la marquesa, allí estaban las fuerzas calladas y poderosas del barrio para ayudarle si hiciese falta. Pero también estaban los padres de Cristo-Teodorito, él muy vestido de negro, no sé si enlutado por la desgracia o etiquetado para la solemnidad, y ella entre compungida y envanecida de aquella especie de auto de fe que había montado para quemar a una pecadora y salvar un hijo, y estaban, como digo, los padres de Tati, más asustados que otra cosa, recordando quizá sus sueños primeros de vivir en un pueblo apaciblemente, sanando o matando mulas y bueyes, temiendo ahora que el escándalo —¿qué escándalo?— les privase de lo conseguido: trabajo en todos los pueblos limítrofes y autoridad sobre los veterinarios locales. Bastaba para ello con que don Agustín o doña Victoria, la marquesa, hablasen del asunto al jefe provincial o al gobernador. Estaban —gran profanación— Tati y Cristo-Teodorito, quizá porque ya tenían la costumbre de ir a misa de doce todos los domingos, santificando así su amor ante los vecinos y, en realidad, acreciendo el escándalo, o bien porque se habían enterado también ellos de lo que iba a pasar y querían estar presentes y tomar la palma de su martirio, como las vírgenes y los donceles de los primeros tiempos del cristianismo. Se les veía en unos reclinatorios laterales, estáticos y soberbios, como estatuas de sí mismos, como los amantes de Teruel, como Romeo y Julieta, petrificados por la consternación, el dolor y la grandeza de lo que les estaba pasando. Sonreí. Todo el mundo permanecía pendiente de ellos. Estaba incluso Jesusita, la vinatera, devota y beata en un rincón, rebujo de velos y rezos, sin Miguel San Julián, y estaba todo el pueblo, el vecindario, el coro llano de la tragedia, inflamado de ese espíritu inquisitorial y sagrado que se levanta de pronto del hondón de España. Yo escuchaba las teologías de don Agustín (Darío les hubiera llamado sofismas) y miraba y olía muy de cerca mis guantes amarillos, perfumados de cómoda y pasado, sabiendo ya, que allí no iba a pasar nada o que estaba pasando todo. Don Agustín estaba condenando el amor de Tati sin saber que aquel amor, como me había sugerido María Antonieta sin querer, quizá estaba salvando a la muchacha de algo mucho peor. La moral, me dije, como la ley, es siempre una simplificación. Tati y Cristo-Teodorito, en sus reclinatorios, eran como dos estatuas yacentes que de pronto se hubiesen arrodillado.

DIÓTIMA no conocía mujer y sus camaradas decidieron que era llegado el momento, de modo que aquella noche, tras la ronda por aquellas tabernas que sólo ellos conocían (tabernas a la orilla de la vía, con un perro siempre aullando a la soledad ferroviaria, como un lobo estepario; tabernas a la orilla del río, que mezclaban el légamo del agua al légamo del vino; tabernas del barrio de las meretrices, con una cocina en un rincón), se acordó en cónclave ir en busca de la doña Nati, como mujer de mayores veteranías y mejores oficios en el menester requerido. Venía Diótima con sus dos padres putativos, que iban a ser cual padre y madre, en aquella presentación del niño poeta en el templo del pecado, e íbamos Darío y yo, como los padrinos de una circuncisión que ponía en evidencia lo que aquel barrio de conventos y casas de lenocinio tenía de levítico, de antigua judería invadida luego por el dios castellano-leonés, y abandonada al fin a su suerte, entre meretrices y lagartos.

Viveros, palacios huecos, juzgados municipales, talleres de marmolistas y santeros, fruterías, hojalaterías, chapisterías y zapaterías de portal ponían en aquel barrio, durante la jornada, el rumor de su confusión de gremios y trabajos, pero durante la noche sólo lucían las bombillas rojas de las tabernas de las meretrices, y algún escaparate de comestibles que el dueño se había olvidado de apagar, dejando toda la noche a las legumbres sin dormir, en el insomnio triste de la bombilla de la tienda. Era un barrio de calles estrechas, radios altas que alborotaban la noche, enormes tapias interminables que sellaban la clausura de los conventos y pequeñas calles apretadas de casas verticales, estrechas, con escaleras también verticales, puertas metálicas, forradas de alambre, y mirillas secretas por donde las encargadas atisbaban al cliente.

La doña Nati era mujer grande, giganta, de pelo negro y apretado en moño, de rostro redondo y hermoso, sombrío de ojos y ojeras, cruel del rojo de la boca, suntuoso de una viruela leve que le había dejado en las anchas mejillas como picadura de pájaros en manzana o señal de metralla en estatua de piedra. La doña Nati, casi siempre de negro, paseaba grandes senos, ingentes glúteos, fornidas piernas en medias de malla, en los anocheceres tranquilos. Había tenido una juventud triunfante entre los señoritos golferas de la acera de las casas blancas, frente al parque, había sido la cocotte de moda, pues con esta palabra se decía antes de la guerra, y luego, en la paz, puso una casa de niñas para moros y regulares, para soldados y rezagados del combate, hasta que un noble de la ciudad (se decía que el difunto marqués, del que doña Victoria estaba hoy viuda) la retiró, la instaló en un pisito limpio y secreto, siempre dentro de aquel barrio maldito (que colindaba con el mío) y la doña Nati vivía tranquila, recibiendo el dinero y la visita semanal del aristócrata, y paseando en los anocheceres un perro lobo de muy buen pelo, largo rabo rizado y peligroso mirar. La doña Nati, que se creía redimida por su avío con aquel noble, llegaba en sus paseos con el perro hasta nuestro barrio, y pasaba por mi calle siempre sola y orgullosa, como buscando la provocación a la otra, a doña Victoria, la marquesa, en sus propios dominios. Unos decían que doña

Victoria había ignorado siempre todo esto y otros que había luchado mucho por encarcelar a aquella mujer, o por impedir, al menos, que pasease delante de su casa-palacio, pero en vano. Los más agudos sostenían que cuando doña Victoria, la marquesa, vio desde detrás de sus visillos aquella giganta con perro que aparecía en los anocheceres, venida sin duda del barrio cercano y maldito, como cucaracha venida de la cocina al salón, empezó a tocar campanillas de plata y hacer gestiones para impedir el espectáculo, pero cuando supo que se trataba precisamente de la entretenida de su marido, el señor marqués, se quedó más tranquila, si bien más dolida, pues ya podía considerar también a la suripanta como de su propiedad, y el sentido de la propiedad, recién rubricado en una guerra, era para ella más importante que nada. Lo más probable era que doña Victoria, la marquesa, prefiriese la tolerancia al escándalo, mientras que el señor marqués, por su parte, interpretaba aquellas internadas de la doña Nati en sus dominios más como un gesto de fidelidad que de provocación. En todo caso, era mucha mujer para un noble de sangre pobre, gastada en los interminables cruces y bodas entre parientes, y que además venía aún convaleciente (y victorioso) de una larga guerra, de modo que el señor marqués se fue a la tumba con su pecado y la doña Nati, pese a que algo debía tener ahorrado de las esplendideces del noble, volvió a ejercer más o menos, entre horas, por pasar el rato y por ayudarse un poco y darle buena comida al perro (que quizás era el mismo o quizás era ya otro), y unos días hacía proxenetismo y celestineo a principiantes jóvenes y

194

otros días, según lo que le pidiese el cuerpo, oficiaba ella misma. Por otra parte, la doña Nati no dejaba de tener una parroquia nutrida y selecta, ya que su leyenda de oro se conocía en toda la ciudad, leyenda que se había rematado gloriosamente con lo del señor marqués, y, a mayor abundancia, el material que seguía ofreciendo la púber canéfora no dejaba de fascinar por sí mismo al personal, siempre necesitado de magnitudes, amén de las artes y oficios de la doña Nati.

Así las cosas, entre vinos y bromas, íbamos por aquellas calles decoradas de mujeres bíblicas y pecadoras, los cinco amigos, y Empédocles, como siempre, hacía ruidos de violín con la boca, y se interrumpía de vez en cuando para decirme tienes que irte de aquí, muchacho, sabes que me has caído bien, me eres simpático, te quiero como un amor imposible o como un camarada, no sé, y te digo que esto no es para ti, aquí Diótima, con todo su Hölderlin, no tiene arranques, y Teseo y yo mira cómo estamos ya, pero tú sal al mundo, vete, no dejes que te ahoguen aquí, marcha, huye, deja tu empleo si lo tienes, deja a esa novia que me dijiste, haz algo, te habla un viejo. Darío Álvarez Alonso se paraba en las puertas a hablar con las meretrices en su lenguaje de academia, convencido sin duda de que otro tanto hubiera hecho Baudelaire, porque él sí sabía ser sublime sin interrupción, y Teseo y Diótima iban delante, el muchacho diciendo versos de Hölderlin y el viejo riendo de sus propias cosas. Estábamos al final de la calle y Teseo se acercó a un chalet ruinoso, marrón, con una verja abierta y un cerco de tierra en torno. Todos nos agrupamos delante de la puerta. Abrió una mujeraza grande, como de calendario, con un hombro fuera y la boca llena de comida:

—¿Está la doña Nati, rica? —dijo Teseo.

—Ahora vendrá, chicos. Si queréis esperarla, adentro, que aquí no se puede estar.

La doña Nati, quizá, había salido a pasear al perro, aunque era un poco tarde. Nos pasaron a una habitación grande, que en principio podía parecer una salita burguesa, o más bien una serie de salitas barajadas, pues había allí muebles de toda clase y condición, canapés de rayas, divanes de flores, alfombras cubistas y cortinas de cretona. Muchos aparadores y un calendario religioso junto a un espejo, un calendario de ésos que regalan las monjitas por navidad, a cambio de una limosna para sus pobres. Recordé haber oído que la doña Nati era muy caritativa y tenía algunos mendigos y monjas pobres a su cargo, mimetismo quizá de las caridades que a otro nivel hacía doña Victoria, la marquesa, con la iglesia y con los miserables del barrio. La moza se fue masticando, voy a terminar de cenar, chicos, si gustáis, y Diótima y Darío seguían con la mirada a aquella mujer, que subía una escalera con mucho juego de formas bajo su bata. Más que de salita burguesa, aquello tenía algo de chamarilería, aunque tampoco, porque todo olía a humedad sexual, a viscosidad y tabaco, a mujer desnuda y hombre borracho. A ver cómo te portas, Diótima, decía Teseo, y cuando Empédocles se iba a dormir en su butaca, arrullado por sus propios conciertos, apareció la doña Nati, sin que la hubiéramos oído llamar (a lo mejor estaba dentro de la casa, ocupada con otro cliente) y su presencia llenaba toda la puerta de la sala, y nos miró con severidad y quizá un poco de asombro. Teseo se levantó y le besó la mano. Mire usted, doña Nati, se trata de este muchacho, le tenemos bajo nuestra protección, aún no conoce mujer, hemos pensado que usted, con su clase, y volvió a besarle la mano, ahora sin motivo, aunque la primera vez tampoco lo hubo. Bien, ya sabéis el precio. Claro, claro, pero lo que quisiéramos, siguió Teseo, es que nos dejase estar presentes (y nos abarcó con un ademán de su mano morada), va a ser una especie de ceremonia, ya comprende, algo inolvidable, somos artistas y... O sea, que va a ser divertido, dijo ella, y rió mostrando unos dientes blancos y muy pequeños, impropios de aquella mujer tan grande.

Subimos todos por la escalera, detrás de la doña Nati, y pasamos pisos en los que se veía juerga de hombres y mujeres, y otros pisos donde había mujeres solas, aburridas, fumadoras, y un corredor donde sólo había una vieja pulcra cosiendo medias, como una abuela en su hogar burgués, y habitaciones donde cuatro hombres solos jugaban a las cartas. La doña Nati les saludaba a todos familiarmente y Teseo no dejaba de asomarse a algunas puertas y hacer una broma amable. La alcoba de la doña Nati era roja, papal, lujosa a primera vista, raída en cuanto se observaba, falsa alcoba que sin duda ella sólo utilizaba para el oficio, yéndose luego a dormir con el perro en la casita limpia que le puso el marqués. Nos movíamos como en un aire pontificio y ella dijo sentaros, sentaros, y una vieja criada trajo vino blanco y vino tinto y anís para la doña Nati, que empezó a des-

nudarse en aquella penumbra roja, con mucha lenti-
tud de carnes y mucho juego de ligas, hasta la osten-
tación en los armarios de luna de su cuerpo blanco,
poderoso, ingente, vencido ya en una majestuosidad
de vieja piedra labrada por Miguel Ángel y afrentada
por el tiempo. Era una lámina de Rubens con luces de
catedral y se sentó en la cama a tomarse una copita de
anís con mucho primor de manos de monja, como si
estuviese vestida hasta la barbilla y de visita. A ver el
neófito, dijo con una sonrisa de sus dientes menudos,
y Empédocles, que estaba a mi lado, me susurró lástima no haber traído el stradivarius, pero en la habitación de al lado sonaba una radio con lamentos fla-
mencos y yo, cuando vi a Diótima, desnudo, temblo-
roso, blanco, enteco, sentado en la cama junto a
aquella mujer, recordé láminas de presentaciones de
niños en el templo, degollaciones de inocentes y
orgías de Rubens con amorcillos mejor nutridos que
el poeta enamorado de Hölderlin; recordé circunci-
siones de la antigüedad y vi cómo Teseo reía sin abrir
la boca, casi negro lo morado de su rostro, y Empédocles miraba con su mirada acuosa, fría, y Darío Álvarez Alonso estaba inclinado en su silla, con el codo
en la rodilla y la barbilla en la mano —hermosa cabeza de poeta—, como examinando una talla lujuriosa y
barroca de sillería de coro en una catedral. Quítate
las gafas, criatura, dijo ella, y las gafas de Diótima
cayeron al suelo de baldosa con ruido de romperse,
pero no se rompieron, y Teseo las recogió paternal-
mente y las tuvo en la mano todo el tiempo. Tú debajo, criatura, que a los hombres os va mejor así, y los
primerizos, si no, os quedáis en nada. De modo que

ella se puso sobre él y Diótima desapareció para nosotros bajo aquella masa todavía armónica de mujer sabia, grande, contenida y antigua. Hubo un rumor de carnes espesas y rítmicas sobre la carne escueta y fría de Diótima, como un reiterado golpe de ola buchona contra una roca lisa y helada. Éramos como nobles y cardenales del Renacimiento asistiendo a las nupcias de un principito feble con una Médicis, una Farnesio o una Sforza de poderosas ancas de amazona.

HACIA finales del estío se precipitaron los acontecimientos en la plaza. Doña Victoria, la marquesa, había tomado lo de Tati y Cristo-Teodorito como causa propia. Entonces pude yo comprender hasta qué punto eran implacables los poderes del barrio y hasta qué punto la circunferencia hermosa y espaciosa de aquella plaza era un orbe cerrado y riguroso. El veterinario hombre más bajo que alto, cuadrado de figura, sin ser gordo, cogía todos los domingos a la familia, desde hacía muchos años, la metía en el citroën y se iban a los pueblos donde él tenía amigos y clientes, a comer cordero. En una palabra, que no iban nunca a misa. Así habían crecido las hijas de libres y locas, se decía en el barrio. De modo que las fuerzas sagradas del lugar, encabezadas por doña Victoria, la marquesa, habían encontrado la ocasión de ejercer su santa ira y su santa justicia sobre aquella familia y, de paso, daban una prueba más de su dominio y su autoridad sutil y evidente sobre todos nosotros. Tati y Cristo-Teodorito no eran Montescos y Capulettos. Eran dos adolescentes de la misma edad (quizá ella un poco mayor) y de la misma clase social. ¿Qué se interponía entre ellos? Habían hecho promesa reiterada de matrimonio. ¿Qué se interpone entre Calixto y Melibea en *La Celestina*? Darío me había dicho que Calixto era judío, pero esto no se explica en la obra. Un fondo sacramental, levítico y justiciero del país se levanta de tiempo en tiempo contra el amor, que siempre es un escándalo para todos, como la única réplica de las mismas dimensiones que el cielo. Las madres que deseaban a Cristo-Teodorito para sus hijas, las que veían a sus hijos perdidos en el amor de otra Tati, o de la misma, querían exterminar a la pecadora, lapidarla. Al viejo veterinario no se le perdonaba su indiferencia aldeana por la armonía de las esferas que giraban en la plaza, su alegre irse de francachela a los pueblos, con toda la familia, los domingos por la mañana, en un citroën que también se le envidiaba, aunque formase parte de su trabajo, en lugar de llevar a las hijas a la misa de doce para rendir culto a la palabra alta de don Agustín y a la presencia ilustre de los grandes vecinos. El veterinario había vivido más pendiente de salvarle a una familia la vaca que era toda su fortuna, que de quitarse el sombrero al pasar por delante de la casa-palacio de doña Victoria, la marquesa, si ésta se encontraba en el mirador, o asomada a la calle.

Y aquellas hijas, sobre todo Tati, rompían el ritmo previsto en la rotación de las bodas, los nacimientos, las muertes y las fiestas, así que doña Victoria llamó a su casa-palacio a la madre de Cristo-Teodorito. Doña Victoria tenía un perfil de ave heráldica, se veía que había sido una belleza fría y decorativa, de perfil aquilino, de nariz curvada no sin nobleza, pupila clara, redonda y remota, labios finos y barbilla breve. Doña Victoria vestía siempre o casi siempre luto (desde mucho antes de que se le muriese el marido, el viejo amante de la doña Nati), pero no era posible confundir su luto suntuoso y de buena caída con los lutos arrebujados de las otras mujeres del barrio. Otro día, doña Victoria, la marquesa, llamó a la madre de Tati (con las mujeres me entiendo mejor, decía, los hombres son obtusos y sin sentimientos) e incluso más adelante reunió a ambas madres en su casa, ante sí,

201

con un cierto sentido salomónico de la justicia. Doña Victoria, la marquesa, por aquella época, hizo visitas, recibió visitas, escribió cartas todavía con su letra picuda de lejana colegiala de las jesuitinas, agitó campanillas de plata, habló con don Martín, con don Agustín, con canónigos, beneficiados, arzobispos, obispos, priores y superioras de órdenes religiosas, tomó azucarillos frágiles y níveos —levísimas rocas de azúcar, estalactitas y estalagmitas de dulzor— disueltos en vasos de agua con filo de plata, y he aquí que Tati, la hija del veterinario, iba a entrar en religión.

Era demasiado castigo para ninguna culpa. Se decía que lo había elegido ella al verse separada para siempre de Cristo-Teodorito (quien partiría en seguida hacia otra ciudad para iniciar su carrera de Leyes). Se decía que la habían obligado a elegir. El padre había conocido tarde su culpa, la despreocupación en que había vivido, sacando adelante aquella familia, siempre trabajando, ayudando a vivir a los labriegos y a sus animales, a sus buenas bestias de carga y labranza, de corral y pastoreo, dejando a aquellas hijas que triscasen, como ovejas saludables, en los prados de su edad. Y ahora, quizá, para expiar tanta insolencia, sacrificaba a una hija, la perdía, la entregaba al convento, sabiéndola sin vocación, por salvar el resto de la familia, por salvarse él (como aquel mujik ruso que echó uno de sus hijos a los lobos perseguidores para salvar a los otros hijos en el trineo). O, sencillamente, le había envuelto y desbordado la conspiración de los manteos negros, las campanillas de plata y los azucarillos de nieve. ¿Está Tati embarazada? dicen que preguntó, con su buen sentido zoológico de veterinario. No. Tati no estaba embarazada. ¿Entonces? Entonces fue, quizá, cuando renunció a comprender. La madre de Cristo-Teodorito vivía la emoción compungida de salvar un hijo, y quizá el orgullo santo y suplementario de estar salvando a una pecadora, a la que a lo mejor, en sus oraciones, llegó a llamar hija, enternecida consigo misma y con su obra. Doña Victoria, la marquesa, que no había podido evitar en muchos años que la giganta del perro pasease por delante de su casa-palacio todos los anocheceres, estaba ahora haciendo prevalecer las puertas del cielo contra las del infierno, con frases bíblicas que quizá se decía a sí misma y que en verdad no comprendía muy bien, como nadie la había comprendido nunca.

Un domingo por la tarde, cuando ya agosto tenía ocres de otoño y crespones de martirio en sus últimos soles, sonaban las campanas de los conventos como a muerto, a funeral o a penitencia, y había como un pasarse señales de ruido, tam-tams de la selva litúrgica, en aquella unanimidad de campanas, inconfundible y vieja la de la parroquia, ligeras las de los conventos de monjas, graves las de los conventos de frailes, y todo el inmenso palomar religioso que era el barrio andaba alborotado y levantaba el vuelo porque la pecadora iba a entrar en religión y la novicia iba a tomar hábito. Los fondos morados que salían de los sótanos de los conventos, iban ganando la calle hasta revestirla de auto sacramental, y yo le pregunté una vez más a María Antonieta por qué su amiga había hecho eso, pero María Antonieta era cada vez más hermética conmigo respecto de Tati, quizá como si adivinase que yo conocía el secreto de ambas, y

203

estuve a punto de decirle que sí, que lo conocía, para provocarla, pero no lo hice. ¿Qué enigma indestructible había entre aquellas dos muchachas que se habían empezado a amar todavía ninfas? Comprendí que nunca iba a entrar en el núcleo cristalizado de su secreto. María Antonieta me miraba con sus ojos azules, de un azul intenso, pero inexpresivo, y nada más. Sentía yo que había sido un satélite girando en torno a aquel misterio, y Cristo-Teodorito otro satélite concéntrico, y de órbita aún mucho más alejada. No sé si había entre ellas amor, la simple inercia de un vicio, ese secreto pueril en que suelen sustentar su amistad dos niñas, un juramento o algo inconfesado e irracional que las unía. Nadie más que yo sabía que lo que se estaba rompiendo —o acrisolando para siempre— con aquel auto de fe, no era el amor público de un chico y una chica, sino otra cosa. Recordé unos versos de alguien. No buscaba el alba. La rosa, en su ramo, buscaba otra cosa.

En la tarde litúrgica y cruel, como en una cuaresma improvisada, caminamos hacia el convento, Darío y yo, llevando en medio a María Antonieta, que iba casi enlutada, seria, grave, pero más hierática que compungida. Todo en la liturgia es pura metáfora, me decía Darío, siempre aleccionador. A él le llevaba allí una mera curiosidad estética e histórica. Cultural. Sólo le movía la cultura, me dije, y admiré su madurez, su vivir al margen de los pequeños y pueriles conflictos humanos. Yo estaba algo más implicado que él en la historia y, de todos modos, mi interés era más psicologista que esteticista. Darío Álvarez Alonso era amable y deferente con María Antonieta, era cordial y conversador. Ella no hubiese sospechado nunca, me dije, que él me preguntó una vez, con ironía que provocó en mí mayor ironía, si me iba a casar con la pescaderita. Nos adentrábamos en aquel laberinto de conventos, en aquellas calles de empedrado medieval y patios santos por donde parecía haber pasado recientemente Teresa de Ávila. Había cancelas finas, casi alegres, y tornos sombríos, de madera espesa, que giraban con rumor de tiempo. Había patios como plazas muertas y placitas como patios de convento. Había torres enanas con una cruz y una campanita, como para jugar a frailes y monjas, más que para vivir allí siglos de clausura y penitencia, como realmente se vivían. Supimos cuál era el convento porque otras gentes se dirigían hacia su puerta abierta. Algunos vecinos y curiosos del barrio remoloneaban por allí, o nos miraban estáticos, y habían encontrado de pronto la fiesta de aquel domingo vacío en la llegada de tanta gente. A la puerta del convento estaban el coche negro, grande, antiguo, de doña Victoria, y el conmovedor citroën del veterinario, polvoriento de caminos.

Estuvimos en la parte alta de la gran capilla, llena de gente. En el altar, que era como un escenario, distinguí a don Martín, a don Agustín con sus gafas negras, a varios canónigos, a doña Victoria, la marquesa, siempre de perfil en su alto sitial, pájaro elegante y frío en quien parecía vivir el águila de dos cabezas: una atenta y rampante, la otra caída y rezadora. Estaban los padres de Tati, ella más alta que él, y a continuación todas las hijas, menos Tati, vestidas de blanco. No estaban Cristo-Teodorito ni sus padres. Las prioras y superioras del convento, vestidas de hábito negro, se movían entre novicias de blanco, o así me lo pareció. Aquella llama roja que de pronto lo descomponía todo era la melena de Tati, y sólo por esto la reconocí, vestida de largo y blanco sayal, confundida con otros hábitos blancos. No sé si la ceremonia fue larga o corta, pero hubo ese momento de decapitación en que unas tijeras torpes y expeditivas al mismo tiempo, como de jardinero, fueron cortando el pelo rojo de Tati, podando la hermosa melena que caía en brasas sobre un paño blanco puesto en el suelo. Miré de reojo a María Antonieta, arrodillada a mi lado. Veía su ojo izquierdo, fijo en la escena, duro, sin parpadeo, pero sin lágrimas. Cantaban coros celestiales como de un cielo bajo y secundario, coros de vírgenes que parecían naufragar en las aguas crecientes de un órgano o un armónium viejo y poderoso. Tati tenía la cabeza muy caída y a medida que la iban dejando sin pelo se veía mejor la blancura de su nuca, el nacimiento puro y joven de su cuello, el sitio de los besos, y me puse a desear aquello lujuriosamente, con un deseo absurdo, precipitado y sacrílego que no sé si me excitaba o me divertía.

Luego pensé en otra ceremonia reciente, la de la desfloración de Diótima. Ritos y ritmos de la tribu. El mundo de las meretrices, como el de los gitanos ¿ponía en cuestión a nuestro mundo? ¿No eran todos ellos mundos complementarios? La doña Nati había dependido del señor marqués y luego doña Victoria, la marquesa, había dependido de la doña Nati, había soportado la humillación de verla pasear delante de su casa con un perro que entraba a orinarle en el portal. Los gitanos vivían de explotarnos, de explotar a Teseo y sus vicios, por ejemplo, y nosotros, y doña Victoria y los amigos de la Casa de Quevedo y don Agustín, el coadjutor y orador sagrado, necesitábamos de las meretrices y de los gitanos como ellos de nosotros. No éramos sino realidades complementarias. El padre Tagoro necesitaba de los ciegos como ellos de él. Creían ganar el cielo juntos y sólo se estaban ganado unos a los otros. Doña Victoria estaba, quizá, purgando en Tati la humillación y el horror de que existiese la doña Nati. Y si todo era un todo, entonces sí que yo me sentía perdido, mareado, y comprendía que no había solución ni salvación para nada ni para nadie. Diótima había nacido a la carne en una ceremonia grotesca que la mirada de Darío —la mirada imparcial de la cultura— había recogido con el mismo interés o desinterés científico con que recogía ahora esta otra ceremonia en que Tati moría para la carne. La figura de Tati se me había perdido entre el ritual del altar, y los coros de vírgenes necias renacían de la Biblia y de las aguas del armónium para llenar los ámbitos con su cántico enorme, celestial y mediocre.

CARMENCITA María, aquella noche, había bailado como para mí. ¿Me llevas luego a la pensión?, me dijo entre número y número. Sólo estaba yo aquella noche en el velador habitual, con mis guantes amarillos a un lado y el café con leche al otro. Cuando salimos a la calle, a la hora en que barrían el café y ponían las sillas encima de las mesas, la noche estaba quieta, como dubitativa, noche de finales de agosto que parecía dudar entre encaminar el mundo dulcemente hacia el otoño, tras la luna errante, o hacia un nuevo y prolongado estío. Carmencita María, vestida de calle, no parecía la mujer grande y tremenda del escenario, sino una novia pobre de barrio. Sólo en el rostro llevaba los estigmas alegres y sombríos de su oficio, de su máscara, y mirándole a la cara parecía como si por debajo del leve abrigo debiera asomar la bata de cola.

Sin ser una gran artista, llevaba el perfume de las grandes artistas (perfume que había respirado yo a veces, cuando pasaban por la ciudad, entrando en su camerino un momento, con el entrevistador local, lleno siempre de reverencia y fascinación por los monstruos sagrados de aquella otra vida en la que se podía ser sublime sin interrupción). De modo que por esto comprendí que lo primero, para triunfar en el mundo, era oler como olían los triunfadores, oler a triunfador, y que Carmencita María estaba en el buen camino, pues que había encontrado en seguida la fórmula de ese olor, no tan fácil de encontrar, si bien seguía siendo una bailarina para cafés cantantes de provincias, y ya iba entrando en años, pues el tiempo corre para los que buscan la gloria más que para los demás. De todos modos, ella tenía contrato con una sala de la Gran Vía madrileña, para el otoño, y así me lo dijo. Me voy a ir pronto de aquí ¿sabes?

No supe si me importaba o no me importaba que se fuera. Uno nunca sabe lo que siente respecto de las mujeres. Uno no se enamora hasta que se van. Yo, esto lo atribuía entonces a inexperiencia (Carmencita María era mi segundo episodio, puesto que María Antonieta había sido el primero, el hada buena que con su beso mágico en la frente me redimió como para siempre de las jornadas alucinantes del retrete). Paseamos lentamente por la ciudad, transversalmente a la noche, y llevé a Carmencita María a visitar los viejos barrios, la plaza, mi plaza, donde ya nadie cantaba, mi propio portal, todo de guirnaldas muertas y pastoras antiguas bajo una luz de bombilla sonámbula. No había nadie a aquella hora besándose en las sombras. La llevé al barrio de las meretrices y le expliqué quién era la doña Nati, y doña Victoria, la marquesa, y le conté el día que habíamos llevado a Diótima a conocer mujer, y ella rió mucho con esto, y también le narré la historia de los amores de Tati y Cristo-Teodorito, que no dejó de fascinarla. Vivís en la Edad Media, me dijo. ¿Por qué no te vienes un día a Madrid? Le mostré la parroquia, en la que tan brillantemente predicaba casi todos los domingos don Agustín, y quiso conocer el convento donde Tati estaba encerrada ya para siempre, y aunque el convento era como un palomar muerto, no dejó de impresionarla aquella clausura o semiclausura, y se apretó un poco contra mí, como estremecida por tanto sacrificio o por la brisa de aquellas afueras llenas de huertos

209

religiosos, donde los olivos y las encinas eran de metal verde a la luz de la luna y sonaban al viento como un mar litúrgico. No le hablé, claro, de María Antonieta.

También llevé a Carmencita María a ver la fachada de la Casa de Quevedo, toda de yedra y enredaderas, y advertí que a ella Quevedo se le confundía en la cultura general con Lope de Vega.

Entramos en algunas de las tabernas insomnes que nos habían descubierto Empédocles, Teseo y Diótima, y bebimos y nos besamos a la orilla del vino, como a la orilla del agua, y el mismo ciego de otra noche vino a cantarnos flamenco con los ojos locos, de una negra blancura, y la boca feroz. Este ciego se le ha escapado al padre Tagoro, dije, y luego le conté a Carmencita María la historia de la congregación y del padre Valiño y del padre Tagoro y sus ejercicios espirituales para ciegos. La noche, en torno de cada una de aquellas tabernas, era como una conspiración de sombras denunciada por el aullido de los perros y la insistencia de las estrellas. Volvimos al centro de la ciudad, caminando hasta agotarnos, y llegamos a la pensión de Carmencita María, que estaba en la calle principal, y que era la pensión de artistas del lugar, adonde paraban las compañías de teatro en sus giras anuales por provincias. Esta pensión, a la que que no había subido nunca, tenía para mí un prestigio de consulado artístico del mundo en mi ciudad, y sabía que en sus alcobas habían dormido mujeres espléndidas, hombres cargados de gloria y también toda la tropa luciente y mísera de los cómicos y las cómicas.

Llamamos al sereno, que abrió con su enorme llave, como si nos abriese una catedral gótica, y mis palmadas en la calle a aquella hora de la madrugada, y la propina al sereno y el subir la escalera de la pensión eran actos pequeños y solemnes que constituían un ritual por el que me iba iniciando en la noche de las mujeres, pues notaba yo que aquella noche me dejaba más huella que otras (hay días que hacen biografía y días que pasan en blanco), pues ya iba siendo yo el que pasa alguna que otra noche fuera de casa y rompe así el eslabón de noches que le une a la familia y al hogar, ya que un día entero puede consumirlo uno en la calle, pero la primera noche golfa rompe ya esa cadena que viene desde la infancia, interrumpe algo para siempre.

La pensión, naturalmente, me decepcionó. Tenía vestíbulos enlaberintados, pasillos de hule y sueño, olía a cena y a grifo, y Carmencita María me llevó al comedor y encendió todas las luces (muy en sigilo para no despertar a los durmientes) por que viera yo la galería de fotografías dedicadas de famosos que se había ido completando allí. Todos los que habían pasado por la pensión a lo largo de los años. Caras inequívocamente madrileñas, caras conocidas y otras menos, caligrafías transversales, artificiosas unas, analfabetas otras, algún autor de teatro (que era el tipo de escritor que más lejos me quedaba) y muchas estrellas de la revista y la alta comedia, a más de algún torero.

El comedor mezclaba maderas claras y oscuras, y era una mezcla de comedor de mucha familia y comedor de restaurante, con momentos domésticos, como aquella máquina de coser que había en un extremo, quizá como elemento decorativo o detalle de confort, y momentos frívolos o callejeros, como un cartel de toros que llenaba casi toda una pared y donde se anunciaba y veneraba a un gran torero andaluz, trágico, reciente, grave, siempre como un difunto vestido de luces, con el destino y la muerte en la cara. Apagamos las luces, dejamos la puerta del piso entornada, como la habíamos encontrado, y nos metimos en la habitación de Carmencita María, que era una alcoba con cretonas y palanganero. Me parecía estar viviendo ya en otra ciudad, viajando por los enredos de la vida, y era yo en aquella pensión como un viajero más, como el pasajero de una noche, el artista que va de paso hacia otra ciudad. Carmencita María se desnudó y se puso a lavarse en el palanganero, con mucho sigilo de agua corriente, grifos entreabiertos y pasos descalzos. Era la segunda vez que iba yo a acostarme con aquella mujer. Gozaba en ella, cuando menos, el perfume de una famosa, ya que no la famosa misma.

Se tendió a mi lado en la cama. Luego lo pensó mejor y se levantó para ir desvistiéndome.

—Pero tú tienes un amor en Madrid —le dije.

—Ah, y, además, tiene mucha mano en el poder —sonrió.

Quedé en silencio.

—Le vi en el café cuando vino —proseguí.

Carmencita María me sacaba los zapatos. Me avergonzó que pudiera reparar en el estado de éstos. Cerré los ojos en un gesto que ella quizá pudo considerar de voluptuosidad.

—Al principio siempre te hace falta un protector —dijo—. Alguien que te eche una mano.

Hubo otro silencio. Quedó en el aire de que lo suyo ya no era el principio. Llevaba bastantes años bailando. Con aquella mujer, siempre acababa sintiéndome Cristo-Teodorito. Salía en mí el congregante. Me hubiera lanzado a sermonearla. Consideré, mientras ella seguía desvistiéndome, y siempre yo con los ojos cerrados, que mi escepticismo era muy superficial y ficticio, que estaba pronto a sentirme herido por todo y por nada. Carmencita María me besó en los párpados.

—¿Tienes sueño? —dijo.

—No.

—Él también te puede ayudar a ti. Bueno, si no te importa.

¿No advertía ella, no había advertido mi irritación durante el poco tiempo que el tipo estuvo en la ciudad, en el café? Todo esto sí que era mediocre. Mucho más que los amores de Tati y Cristo-Teodorito, a los que había creído asistir con imparcialidad de entomólogo.

—¿Ayudarme? —dije por seguir con el tema.

—Tienes que irte de aquí. No sé dónde. Pero tienes que irte de esta ciudad en la que meten monjas y cortan el pelo a las chicas que se enamoran. No te pido que te vengas conmigo, pero debes salir de aquí.

Con los ojos cerrados, respirando el olor viajero de la pensión, yo sentía ya como si estuviese muy lejos, rodando por el mundo. Me costaba un esfuerzo de imaginación recordar que sólo estaba en la calle principal de mi ciudad. El cuerpo desnudo de Carmencita

213

María tenía un olor de cera que yo había advertido la primera vez que me acosté con ella, en la alcoba negra de Empédocles, sin razonarlo. Pero era un olor de cera virgen, coloreada y perfumada. O, más que un olor, un tacto. Como una crema sutilísima que debía llevar en la piel. No sé. Sólo nos iluminaba la pequeña lámpara de la mesilla de noche, una lámpara de fruncidos y polvo, roja y tenue, y el amor de Carmencita María era minucioso, tierno, ensalivado, como el de María Antonieta, al fin y al cabo, y me pregunté si iba a resultar que todas las mujeres amaban igual, con aquella mezcla de ternura y devoración, si todas amaban siempre como madres, o yo hacía nacer en ellas a la madre que llevaban dentro.

En todo caso me gustaba eso y aprendí muy pronto que, contra lo que se cree, a la mujer le gusta ser activa en el amor, y para esto basta con que uno sea pasivo, y esta sutil inversión de papeles es toda la morbosidad y toda la felicidad del episodio. Carmencita María no tenía el cuerpo erecto y un poco rígido de María Antonieta, sino un cuerpo más serpenteante y practicable, aunque —ay— sin aquella homogeneidad inconsútil de mi novia. María Antonieta era mi único punto de referencia y me pregunté, casi con una sonrisa, si iba a pasarme siempre las noches de amor haciendo equivalencias y contrastes con todas las amantes anteriores, y si mi cerebralismo iba a llegar hasta ahí.

Luego, estuvimos tendidos en la cama, boca arriba, bajo la colcha de luz y sombra de la lámpara, y algo goteaba en el palanganero, y se oían unos pasos tardíos por el hule del pasillo.

—Ya sabes que te espero en Madrid ¿eh? —me dijo Carmencita María besándome en un hombro.

Pero yo experimentaba un deseo súbito, apremiante y casi gozoso de que fuera la mañana siguiente, de volver a mis cosas, de estar en la habitación azul, leyendo o escribiendo en mi diario, mientras mi primo tocaba en el laúd tarantelas napolitanas, *O sole mío,* romanzas, boleros, música del Caribe, de volver a la Casa de Quevedo y saludar a todos los poetas y hablar con ellos de Góngora y Garcilaso, de ir al teatro con María Antonieta luciendo en la mano mis guantes amarillos, de subir al monte a contemplar la ciudad y mi vida en panorámica, y el tren de cercanías, de entrar otra vez en la sala de máquinas del periódico, con un original mío en la mano, para su segura publicación, y entregarlo al poder rumiante e inteligente de aquellas moles de hierro y acero, de que nada hubiera ocurrido aún y María Antonieta volviese a besarme en la frente, en una noche quieta y cándida. Carmencita María debía adivinarme muy lejano, porque apagó la pantallita y nos dormimos. En mi sueño goteaba el grifo del palanganero.

EL beso de María Antonieta en la frente, en aquella noche ya lejana (y como irreal) de la plaza, había sido, sí, el beso de la princesa al bello durmiente en el bosque de las masturbaciones, que era yo. No urna de cristal, sino paralelepípedos de lepra y orín, la clausura del retrete se había roto, por el hechizo o deshechizo de aquel beso, que al fin me había hecho libre (ahora lo veía yo bien en la distancia). Luego, el cuerpo de María Antonieta, el primer cuerpo conocido, fue, más que un descubrimiento, un como retorno a lo sabido y olvidado, al paraíso primero, al sol de la verdad, porque la memoria de la especie obraba en mí y este atavismo es más fuerte que todos los valores adquiridos, impuestos, de la cultura, la religión y la sociedad. De modo que el primer episodio sexual, más que un conocimiento de algo —conocimiento de mujer— es un reconocimiento, porque miles de varones, en la cadena de la especie y en mi ascendencia directa, estaban actuando al unísono conmigo, en una unanimidad de ballet antropológico. (Esta verdad instintiva del sexo no significa la negación del aprendizaje personal, del oficio, de esa cultura que es el erotismo, como la herencia de bienes o noblezas no presupone ociosidad, sino que impone actividad y continuación para que la transmisión se perpetúe.) Y ésa es precisamente la más cálida emoción del acto sexual, lo que éste tiene de reconocimiento de uno en sí mismo y en la especie, de inmersión en las aguas profundas y comunes de la sexualidad. María Antonieta había sido, primero, el hada que vino a deshechizarme con un beso de mi figura de pequeño endriago masturbador, y luego la puerta clara y la

216

mano leve que, como la de Beatriz a Dante, me había hecho, no ascender, sino descender al paraíso comunal de la especie.

De modo que yo había sentido hacia ella más una gratitud cósmica que un amor de noviazgo, y cuando todo esto se empequeñeció en seguida y volvimos a quedar encantados por la vida, bruja mala, ella en figura de pescadera y yo en figura de empleado modesto, sentí, quizá sin razonarlo, que el hechizo había pasado y que María Antonieta, como toda mujer, había cumplido su función mística y mitológica sin saberlo (como la misma doña Nati con respecto de Diótima, y seguramente de tantos otros), pues por la mujer pasan muchas corrientes profundas, muchas conducciones secretas que ella experimenta o ejerce, pero en rigor desconoce. (Todo esto había ido yo tratando de sintetizarlo en mi diario íntimo —ese diario íntimo que inevitablemente escribe todo adolescente—, en la habitación azul, a la luz de mi balcón, mientras mi primo hacía música o versos a la luz del suyo, y ahora lo releía y razonaba por ir desenmadejando la historia y poniendo en limpio mi vida.)

Luego, cuando descubrí el amor extraño y secreto de Tati y María Antonieta, descubrimiento para el que en ningún sentido estaba preparado, el vacío de reacciones que experimenté vino a llenarse con nociones culturales: Darío me había dicho que Baudelaire canta el amor de las sáficas, yo había leído una mala biografía de la rapsoda de Lesbos. El intelectual, frente a la vida, suele reaccionar mediante la cultura, pero no siempre por pedantería, sino porque, hombre de biblioteca, carece de reacciones vitales y esta carencia

217

viene a llenarla su acervo cultural. Es una reacción de segundo grado, una falsa reacción: una cobardía. Por otra parte, Cristo-Teodorito estaba abajo, sufriendo del mismo engaño que yo (que me creía ya tan lejos de él) y por seguir distanciado de su castidad tonta, de su ignorancia, permanecí interiormente impasible, aunque físicamente cansado, frente a la orgía de las ninfas, pues al fin y al cabo este conocimiento, este descubrimiento, que me igualaba con él en ingenuidad, también me sobrepasaba a él inmediatamente, en sabiduría, si lo asimilaba, y por todo este mecanismo —rápido, inconsciente y lúcido al mismo tiempo— me reservé para siempre el impacto de aquellas imágenes y sus repercusiones en mí. Había clausurado yo aquello en mi interior para, más tarde, algún día, abrir la celda secreta de mi mente y encararme con todo ello. (Así, más o menos, estaban estas notas en mi diario de los días tristes y lejanos, y me sirven ahora para desarrollar este libro.) Pero, pasado el tiempo, sobrevenido el sacrificio —voluntario o impuesto, venía a ser lo mismo— de Tati por Cristo-Teodorito, y su entrada en religión, el enigma de las dos muchachas quedaba cerrado, cristalizado para siempre, convertido en una piedra preciosa y extraña que me complacía en estudiar, como un científico o un comerciante, con el monóculo tubular de los expertos, a la luz gris de mi balcón o a la luz pálida y baja de la lámpara, en la habitación azul.

¿Qué habían buscado ellas en nosotros? ¿Su salvación, su redención, su separación, su disfraz? Yo había estado enamorado del hada que me besó en la frente con un beso de luz, pero no podía estarlo de la pescadera que me quería hacer su marido, el pescadero. De modo que el amor de Tati y María Antonieta no me levantó celos (o me lo oculté muy bien a mí mismo), sino que a medida que pasaba el tiempo lo encontraba más interesante, más inexplicable, más bello, diría incluso. Basta con archivar una pasión para que cristalice y se convierta en objeto de estudio, antes que de frenesí. No me creía tan esteticista como Darío Álvarez Alonso, aunque me hubiera gustado serlo (quizá él me estaba inficionando secretamente su esteticismo) pero lo cierto es que el amor de las dos ninfas, más que enervarme como amante, me apasionaba como estudioso del corazón humano. Y sobre todo, como estudioso de la mujer.

Había renunciado, por supuesto, a indagar en el asunto directamente, hablándole a María Antonieta (aunque algunas preguntas pensaba aún hacerle), porque eso sería tanto como desiñar en ella para siempre la negación y el secreto. Pero me parecía que la única piedra preciosa que había encontrado en mi camino, para decorar mi afán de sublimidad sin interrupción, era aquel misterio, aquel amor, aquella unión. No quería, por lo tanto, que se me pulverizase la piedra preciosa. Incluso la tragedia de Cristo-Teodorito y su amante de cabellera en llamas, hoy sepultada entre el huerto de las monjas y la celda de cal, me resultaba algo vulgar (y seguramente lo era).

Creía no haber encontrado nada de valor en mi ciudad, tan soñada y tan odiada, pero había encontrado, sobre todo, el secreto y la clave fundamentales: no había oposición de contrarios, no había arriba y abajo, dentro y fuera, como había creído siempre, en mi visión dualista de las cosas (el dualismo, aunque sea de izquierdas, es siempre un simplismo). Los gitanos no eran los antagonistas de los vecinos de las casas blancas, frente al parque, doña Victoria no era el antagonismo virtuoso de la doña Nati, yo no era el antagonismo de Crito-Teodorito. Pero entonces ¿la lucha de clases?, me preguntaba ingenuamente. ¿La dialéctica de la historia? (Eran conceptos que acababa de aprender en unos libros que me dejara Diótima, contrapesando así mi excesivo escoramiento lírico con una carga de ideas políticas.) Precisamente el mal, lo diabólico, estaba en eso, en que todo fuese uno y en que, en la explotación del hombre por el hombre, el explotado fuese cómplice del explotador. (Este lenguaje, en mi diario, me sonaba como prestado: aún tendría que asimilarlo y hacerlo mío, a lo largo de los años.) Mi primo, a aquella hora, terminados los versos y las cartas, y la ojeada desganada a los textos viejos de las oposiciones que tenía que preparar (quizá tampoco él era sublime sin interrupción) se entregaba a la melancolía convencional del laúd, a contraluz en el balcón, o como gondolero en la góndola encristalada del mirador, por los grandes canales del cielo, donde la noche se hilvanaba como un copo de sombra en torno a la espadaña de la torre. Entonces fue cuando vino Jesusita, la pequeña bruja, a buscarme, y salí con ella, dejando las páginas de mi diario desordenadas bajo la lámpara, porque había muerto la madre de María Antonieta.

Salimos al anochecer preotoñal y Jesusita me habló, de prisa y revuelto, como siempre, de lo de Tati. Ella había estado en la toma de hábito, aunque yo no la ví, entre el público, y por fin me contó la muerte de la vieja pescadera, que había fallecido en la butaca del teatro, en el primer concierto de la temporada. Pensé que había pasado del orujo a la música, de la música al sueño y del sueño a la muerte, en una gradación perfecta. Con la muerte de Sócrates y la de Goethe, ésta era la tercera muerte ejemplar y serena que yo conocía en toda la historia de la humanidad. La vieja pescadera borracha había sabido morir como los clásicos de todos los tiempos. Para nosotros quisiéramos una muerte tan dulce y matizada. Por lo visto, había fallecido durante el concierto, después de entrar en su sueño filarmónico habitual, y su hermana, la hermana soltera que iba siempre con ella al teatro (y que ahora ocuparía su lugar en la pescadería) la había dado por dormida, de modo que cuando la orquesta y el solista local hicieron su acostumbrada concesión a Rimsky-Korsakoff, la pobre ya no pudo disfrutarlo.

Al llegar a la casa, abierta, encendida, con esa cosa de recepción que tienen a pesar de todo los duelos, María Antonieta, que me había enviado a buscar por Jesusita, vino a por mí por el pasillo y la besé en las mejillas. Vestía una precipitada rebeca negra, como luto urgente sobre sus ropas de película. La capilla ardiente estaba en el comedor, del que habían sacado la mesa, y la muerta, muy puesta de velos y joyas, tenía una dignidad de infanta doncellona que no había tenido en vida, pues ya decían los clásicos que la muerte a todos iguala, y así como el muerto ilustre suele perder el gesto y ponerse feo, el muerto plebeyo (artesano, por usar la tan querida palabra de mi abuela) aprende con la muerte a hacer el gesto de la suprema dignidad, el que nunca habría sabido hacer de vivo. Al poco tiempo llegó Darío Álvarez Alonso, y esto me sorprendió, aunque no mucho, y hablamos un momento en voz baja y en seguida observé en él la mirada miope, de ojos entrecerrados y cejas caídas, que recogía como valores culturales a examinar las platas de los aparadores, la acumulación apresurada de riqueza que el bienestar y la pescadería habían dado a aquella casa, los muebles de un versallismo de purpurina y los rostros de las gentes del mercado, endomingadas para la muerte, reverentes ante una de las más antiguas y prósperas compañeras de trabajo, sobre todo los criados y empleados de la vieja pescadera, como coliflores compungidas, como berzas con corbata, como corderos revestidos, pues lo que ellos mismos tenían ya de vegetal, de hortaliza, de lanar, aparecía ahora evidente, por el contraste de la ropa nueva y estrecha, como por la representación que eran ellos de frutas y animales, que en rigor debieran haber llevado allí, hasta meter todo el mercado en la habitación, para que la muerte muriese, como los faraones, rodeada y asfixiada por la abundancia que tuvo en vida.

Sentado en una silla dura, Luis no sé cuántos (qué misteriosa afinidad de los pescaderos españoles enriquecidos con los Luises de Francia o de la Francia, como decía Darío Álvarez Alonso), eché de menos mis guantes amarillos, aunque en realidad hubieran sido una falta de respeto a mi suegra muerta. ¿Mi suegra? Miré las paredes, láminas de calendario enmarcadas con derroche, empapelados demasiado fuertes, figuras de una porcelana irredenta, y me imaginé reinando en todo aquello, en una casa llena de pequeños y futuros pescaderitos, porque aquella muerte suponía un empujón más a mi vida, hacia la pescadería, pero me dije que no una vez más, interiormente, y miré a María Antonieta, como si pudiera haberme escuchado los pensamientos. Pero María Antonieta estaba erguida, hierática, dura, fría, recibiendo besos y llantos, y delegaba en sus tías, las hermanas de la muerta, que eran como inútiles repeticiones de ella en pobre y en soltero, todo el sentimentalismo del caso. María Antonieta no tenía otra elegancia que su frialdad, o no era fría sino por sentido innato y deformado de la elegancia, y fue cuando alguien inició un rosario común, multitudinario, sonoro, inundante, como un río de palabras que crecía en oleadas (don Martín, el viejo párroco, estaba en algún rincón) hasta anegar aquello: río en que la barca del ataúd cabeceaba con su muerta dentro, al vaivén de las velas, como llevando una infanta difunta y gorda en la corriente negra y caudalosa de la muerte.

DARÍO Álvarez Alonso, aprovechando una de las entradas y salidas de vecinos, se despidió de nosotros y se fue. ¿Te espero en el café? me dijo. No, voy a pasar aquí toda la noche. (Carmencita María se había marchado ya de la ciudad y yo iba menos por el café.) Poco más tarde, María Antonieta se acercó a mí y me dijo: No soporto más, sácame de aquí. Señores, dije, María Antonieta no se encuentra bien. Ya comprenden. Voy a bajar con ella a la calle para que le dé un poco el aire. Era como si hubiese hecho unas importantes declaraciones. Algunos de los vendedores del mercado se pusieron de pie, otros se quedaron en el aire, ni sentados ni en pie, alargándome una mano, aunque parecía claro que yo iba a volver en seguida. ¿Me reconocían como el chico de los recados, el que dejaba siempre deudas, el que otros días pasaba entre ellos altivamente, sin siquiera saludarles? Sin duda, algunos me conocían, y muchos estaban al tanto de mi noviazgo con María Antonieta (a la que más de un hijo de carnicero había codiciado como esposa para sí), de modo que yo era aquel individuo raro, de no mal aspecto, que no pagaba las compras y luego se llevaba del brazo a la muchacha más hermosa y mejor heredera del mercado. María Antonieta había decidido cambiar sus futbolistas populares por aquel joven empleado de melena, deudas y guantes amarillos. Unos me respetaban demasiado y otros me ignoraban, en aquella noche del duelo, y luego había una tercera fracción que eran los vendedores y vendedoras que se habían dormido directamente. Las tías de María Antonieta la miraban sin atreverse a opinar, sin saber aún si estaba bien o mal que la muchacha se ausentase unos momentos con su novio, mientras la muerta recibía el homenaje negro del rosario colectivo.

Pero María Antonieta tenía sobre ellas, a más de la autoridad de su herencia de hija única, la natural autoridad de su carácter hermético e incluso de su estatura. Todavía nos cruzamos con más gente en el pasillo. Besos, palabras. Sí, voy a tomar un café con mi novio, no me encuentro bien. Ya solos por la escalera me cogió del brazo. Al llegar al portal, tiró de mi manga. Ven. No me dejó salir a la calle, sino que seguimos bajando ese trozo de escalera miserable, esa cola vergonzante de las escaleras, que se enrosca ya en los fondos inconfesables de la casa. Empujó una pequeña puerta de madera y salimos a un patio. ¿Dónde vamos? El patio olía a vecindad. Cruzamos un pasillo y luego otro patio, más pequeño, con olor a pescado. Me apetece correr un poco en la bicicleta, dijo. Estoy tan nerviosa. En un rincón, contra la pared, estaban las bicicletas herrumbrosas de los repartidores del pescado, y entre ellas, toda de plata, con redecilla y cintas de colores, la que sin duda era de María Antonieta, la bicicleta en que yo la había visto cruzar algunas tardes, cuando aún no éramos novios, rauda y lírica, hacia no sé dónde, con mucha música de timbre y mucho juego de piernas. La visión de aquella bicicleta me devolvió un poco al tiempo lejano en que la había querido o deseado sin conocerla, sin que me conociese. ¿O me veía ya, al pasar, y era para ella una cara grata, borrada por la velocidad?

—Coge tú ésa— dijo.

Había una bicicleta fuerte que tenía enganchado un

remolque, un pequeño cajón de tablas con dos ruedas enanas, para repartir el pescado. Me incliné, desenganché aquel remolque y salimos por una puerta entreabierta que había en aquel patio. Estábamos en un corralón que comunicaba, mediante una costanilla, con las traseras del mercado. María Antonieta iba delante, a pie, llevando su bicicleta del manillar, y de pronto saltó sobre ella y empezó a pedalear. Hice lo mismo. ¿A dónde vamos? me preguntó cuando estuve a su lado. Nos cruzamos de lejos con grupos oscuros de gentes que sin duda iban al velatorio. Que no nos vean. A la acequia, dije, pues ya iba aprendiendo que toda la ventaja, con la mujer, es ir seguro en las pequeñas elecciones. No dijo nada, pero empezó a pedalear más fuerte, por lo que entendí que le gustaba la idea. Cruzamos la ciudad vacía, limpia, brillante, sola, y vi como una hoguera en ráfaga las luces del café, al pasar por la plaza, y luego pedaleamos por delante de la hilera de casas blancas, frente al parque, y por fin cruzamos el parque, lleno de perfumes, de sombras y de graznidos misteriosos, a aquella hora, hasta que salimos a la avenida, luego a la carretera y por fin al campo. Dejé que María Antonieta pedalease delante de mí, a alguna distancia. Se había quitado la rebeca negra, el luto, y la llevaba anudada en la cintura. Sus largas piernas blancas pedaleaban en la luna nueva. Yo también me había quitado la chaqueta y me había anudado las mangas a la cintura. Si en la ciudad era ya casi otoño, en el campo aún era verano. Como si la flor enorme y vieja de la ciudad se marchitase antes. En el campo aún vivían fragancias y amplitudes del estío muriente, detenidas a las puertas

226

de la ciudad, o acampando ya fuera de sus murallas, antes de emigrar hacia otras tierras. Miré a María Antonieta, unos metros delante de mí, rauda en su bicicleta de níqueles, y la amé como si fuese otra. La amaba cuando no era ella. Cuando volvía a ser ella, quizá dejaba de amarla. Y esto me preocupaba, no por ella, sino por mí. Es lo que cualquiera hubiese llamado inestabilidad. ¿Era yo un inestable?

Era un lírico. Amaba a la mujer desconocida, o lo desconocido de la mujer. Cruzamos pinares hondos y rezumantes, legiones de chopos como enmarañados de estrellas, campos amarillos y dulces, blancos en la noche, y empecé a gustar la embriaguez de aquella escapada hacia la acequia de otros tiempos, huyendo del duelo de verduleras y del cadáver de la pescadera.

María Antonieta, delante de mí, era una melena de noche, una blusa clara y unas piernas desnudas. Se había descalzado para pedalear y llevaba sus sandalias colgadas también de la bicicleta, en el manillar. Decidí amarla por el gesto lírico de aquella noche, por aquella escapada. A veces volvía la cabeza y me sonreía un momento. Llegamos a la acequia, tras remontar una cuesta, y los chopos y álamos le daban al canalillo aquella perspectiva tan conocida de las láminas renacentistas, cuando se inventó la perspectiva en la pintura. Aquella perspectiva de mi pasado reciente, que también era ya una lámina.

Dejamos las bicicletas tumbadas en la hierba seca y caminamos cogidos de la mano. Ella iba descalza. En un punto nos detuvimos y empezamos a desnudarnos para entrar en el agua. La noche estaba enervada de grillos, del canto y el quejido de todos los seres minúsculos que la poblaban y que eran como la nervatura sonora del campo y el cielo. El susurro del agua en la acequia era una cinta suave y negra que se deslizaba hacia lo más negro. Entramos en el agua de golpe, con estampido de espumas, como despertando el fondo dormido de la corriente. Era irrumpir en un escalofrío que corría continuo por la superficie, y que en seguida nos electrocutó dulcemente de frescor y ligereza. Nadamos en direcciones contrarias (la estrechez de la acequia apenas permitía otra cosa) y luego uno hacia el otro. Nos besamos chorreantes y salimos a la orilla. Corrimos y nos secamos con nuestras propias ropas. Luego estábamos ambos tendidos a la orilla del agua, y yo veía el cuerpo blanco de María Antonieta, como dándole luz a la luna nueva. Estaba inexpresiva, serena, enigmática, sin llanto ni risa. Sólo contigo puedo hacer estas locuras, dijo. Era como un elogio.

La miré muy de cerca en los ojos. ¿Cómo te sientes? Se encogió de hombros. Triste, dijo. Me refiero a Tati, aclaré, dejando de lado el tema lamentable, evidente, obvio, de la muerte de su madre, que era de lo que veníamos huyendo. ¿La querías mucho? Hablas como si estuviera muerta, me contestó. Tienes razón. ¿Significaba esto que le quedaba a María Antonieta una esperanza, que les quedaba a ambas una esperanza? Improbable. Quizá era sólo una manera de evadirse de mi pregunta y, sobre todo, una rebeldía ante mi confinación de Tati en el pasado, cuando quizá en su corazón era muy presente. Seguí mirando dentro de sus ojos azules, claros, ensombrecidos ahora de noche y enigma. Primero, yo había querido ignorar aquello, el secreto de las dos muchachas. Luego me lo había explicado a mí mismo con razones tópicas, pueriles e inútiles. Y ahora sabía ya que el cofre estaba cerrado para siempre. Iba a hacerle más preguntas, pero no se las hice. Sólo contigo puedo hacer estas locuras, había dicho un momento antes. Yo era el que tenía que entender y secundar todas sus locuras. No convenía defraudarla. Giró levemente su cuerpo, haciendo crujir la hierba seca, y estuvo casi sobre mí.

Nos acariciamos con manos mojadas, frescas de brisa, olorosas de hierba, e hicimos el amor sin aprendizaje ni delectaciones, directamente, más por ir hasta el fondo de nosotros mismos que por satisfacer ningún deseo. Fue algo rápido, espontáneo, fresco, ligero y fácil como nunca lo había sido. María Antonieta estaba emotiva, cargada de muerte, de soledad, de emoción, de llanto contenido, de secreto, de ausencia, y gimió entre mis brazos como nunca, desahogando quizá todos los suspiros y todos los gritos que represaba siempre en su hieratismo profundo, que yo había interpretado, no sé si con ligereza, como mimético y cinematográfico. Luego volvimos al agua en una purificación tácita y gozosa. Ya en el lejano apogeo de mis masturbaciones había descubierto yo que la purificación de la acequia, con sus fondos de légamo fresco y tierra saludable, era más efectiva que el beso del agua bendita en la frente y el perdón bisbiseado del cura. Pensé con una sonrisa en Miguel San Julián, a quién había conocido allí mismo. Salimos del agua, nos secamos, nos vestimos y, caminando lentamente sobre un estío muerto que se hacía ceniza bajo nuestros pasos, volvimos a las bicicletas. Estábamos cada uno sentado en la nuestra, con un pie en el pedal.

—Ha pasado mucho tiempo —dije.

Se encogió de hombros.

—Diré que he estado durmiendo.

Quedamos en silencio.

—Ya no me quieres ¿verdad? —dijo.

Afirmé con la cabeza.

—Pero ya sabes que no me voy a casar contigo. Comprendo que ésta sería la ocasión, ahora que te quedas sola...

—Por favor, no me expliques cosas.

—Tienes razón. Perdona.

Volvimos al silencio, inmóviles.

—Te quiero —dije—, pero no quiero esta ciudad, esta vida, este trabajo que tengo. Voy a hacer algo. Voy a irme...

—No te irás nunca —me cortó, no sé si despectiva o fatalista.

—Quizá no me vaya nunca. Soy cobarde. Pero, en todo caso, no quiero unirme a nada, a nadie. Ni siquiera a ti. Por lo menos, quiero estar libre para tener ilusión de que puedo irme en cualquier momento.

Se encogió de hombros.

—No sabes lo que quieres —dijo.

Era un razonamiento muy de pescadera. Algo sabía de mis inquietudes y actividades literarias, pero debía intuir que eso no daba dinero y que, por otra parte, ella no iba a entenderlo nunca.

230

—María Antonieta...

—Bueno, vamos — dijo.

Bajamos las bicicletas hasta la carretera y empezamos a pedalear. Ella iba ahora mucho más de prisa, muy delante de mí, y no volvió en ningún momento la cabeza. Comprendí que aquello había terminado para siempre. Me sentía aliviado, triste y sorprendido. Y traté de llenarme de gratitudes literarias hacia ella. Mi hada buena, mi Beatriz, mi... Nada. Ya no servía eso. Casi me desentendía de ella, en mi camino de vuelta a la ciudad, y sólo la veía como un punto de referencia en la carretera. Estaba despuntando el día y vi nuestra ciudad, allá abajo, en un ancho y ligero valle, con esa luz oriental de las mañanas que, irónicamente, hacía de las viejas torres cristianas, románicas, una especie de minaretes en el desierto.

SALÍ de casa a las nueve menos cuarto, como todas las mañanas de mi vida, para estar a las nueve en la oficina (en otro tiempo, para estar en el colegio: y qué tristes las épocas en que no tenía que estar en ningún sitio y asistía al lento e indeseado despertar del barrio, entre leñadores melancólicos y pregoneros guturales y lejanos). Había ya en la calle un temblor preotoñal, un movimiento de ventanas delatado más por los reflejos de la luz que por el ruido de las casas, todavía dormidas, y una primera agitación de repartidores, porteras que barrían la acera y tenderos que abrían sus tiendas. Por la otra acera iba el padre de Cristo-Teodorito, también como todos los días, como toda la vida, ya con un previsor abrigo de entretiempo (que quizá, como tenía yo observado, era el de todo el año), un sombrero que empezaba a estar pasado de moda y la cabeza un poco menos erguida que de costumbre. A las nueve en punto estaría en su oficina municipal. Rehuía yo el encuentro y el saludo de aquel hombre, que había sido vecino amable y correcto, y luego el profesor caro, y finalmente el padre de un muchacho en peligro, íntimo y casi doble mío, y me parecía que aquella familia no dejaría de atribuírme cierta complicidad en el caso de Tati (inocente de mí), siquiera fuese por el mal ejemplo que había dado a su hijo y el precedente que había sentado con mis amores libertinos o noviazgo con la pescadera. Pero el probo funcionario, mediante la gestión llorosa y tenaz de su esposa, había sacrificado a su hijo y a una muchacha que conocía desde niña, había conseguido que triunfase la línea recta en su vida y en la vida de su hijo.

232

Cuando él se bifurcó por una calle que le llevaba hacia su destino municipal, apreté el paso, libre ya de aquel posible encuentro, y a las nueve y un minuto estaba en mi sótano húmedo y frío, que me deshacía el vientre, trabajando con la copiadora de cartas y meditando, sentado en una escalera, sobre mi reciente ruptura con María Antonieta. Era todo lo que alguna vez me había explicado Darío Álvarez Alonso sobre la incomunicación esencial entre el hombre y la mujer, pero no creía yo que fuese un problema de sexos, sino un problema general humano, una grave y fundamental discontinuidad de los seres, que entre hombre y mujer se hace más evidente precisamente porque la posibilidad (o el peligro) de comunicación ha sido mayor, ya que en la relación intersexual se cuenta con un lenguaje de signos, con unos hechos físicos que facilitan el encuentro de dos soledades, siquiera sea a un nivel más profundo o más implícito, menos consciente. ¿Qué sabía yo de María Antonieta, de aquella muchacha que amaba a otra muchacha, que me llamaba princeso, que quizá me amaba a mí mismo, que me llevaba a la acequia para hacer el amor (en puridad me había llevado ella a mí) la noche en que su madre estaba muerta en el ataúd? ¿Quién era aquel ser hermético y bello? ¿Una esfinge sin secreto? Quizá la mera sustitución del secreto por la esfinge. Pero, de cualquier modo, no estaba dispuesto a perder mi vida descifrando esta clase de enigmas. ¿Qué, quién había sido yo para ella, sino un niño tímido que se dejaba besar en la frente, hacía un trabajo por debajo de su condición social, lucía unos guantes amarillos por encima de su trabajo, se ocupaba en escrituras inútiles y la abandonaba con buenas palabras? No, no nos habíamos comunidado un solo momento, y esto no me atormentaba por ella ni por mí, pues no pensaba volver a su lado, sino que me desazonaba intelectualmente por el presentimiento de que siempre pudiera ser igual en la vida.

Bajaba algún empleado al sótano, a comerse un bocadillo, y me hablaba de cómo estaba refrescando el tiempo, de que la cosecha había sido mala, un año más (aquellos oficinistas presos entre mostradores, mármoles y teléfonos, tenían una nostalgia incurable de su pueblo) o de que el equipo de fútbol local había empezado muy bien la temporada. El incidente Tati/Cristo-Teodorito, su desgraciado final de auto de fe, me habían hecho ver claro lo que sólo sabía o creía de una manera más o menos literaria: que el complot desde arriba era permanente y que las altas damas, los predicadores y los de la acera de las casas blancas, frente al parque, secundados por la pequeña burguesía fiel, como los padres de Cristo-Teodorito, siempre encontrarían la forma de reducir pacíficamente (o con un punto de violencia, como en el caso de mi amigo o ex amigo y su novia) a los díscolos, a los rebeldes, a los marginales y a los gitanos. (El empleado había terminado su bocadillo y se iba escaleras arriba, silbando, hacia la cárcel laboriosa de la oficina.)

Los gitanos estaban en sus campamentos de las afueras, durmiendo bajo el cielo, junto a la hoguera, en invierno y verano, contentos de poder estafarle cinco duros en un reloj al señorito. Las meretrices estaban durmiendo bajo las escaleras verticales de sus casas húmedas, tras la rejilla infamante de sus puertas, felices de haber recibido la visita y los billetes de un buen burgués o un cajero de banco con necesidades inconfesables (y muy divulgables en el Casino, por otra parte). Empédocles estaba a punto de ahogarse en la miseria junto a su stradivarius y su destruido genio musical. Teseo iba a reventar de vino y de risa, marginado y desclasado, como era su obligación. Tati estaba en el convento, purgando eternamente una inexistente culpa, y Cristo-Teodorito estaba en el tren, camino de otra ciudad medieval y universitaria, para comenzar su carrera de Leyes, lejos del único ser que podría haber justificado y explicado su vida simple de estudio y congregación. El viejo veterinario andaba por los pueblos con el vacío doloroso de una hija en el corazón, los ciegos del padre Tagoro, sentados al sol que no veían, estaban tratando, a la puerta de sus casas o en la plaza, de que no se les escapase aquel retazo de cielo azul y eternidad que el padre Tagoro había metido en sus cabezas, y que tendría que volver a meter en la cuaresma siguiente, porque la idea de eternidad no dura una eternidad. Y yo estaba allí, aquí, sentado en una escalera de cemento, al pie de una prensa copiadora de cartas, haciendo filosofía y tomando conciencia de que había un complot difuso, perdurable e inexorable sobre todos nosotros. Yo nunca iba a ser nadie, nada, en aquella oficina ni en ningún sitio, porque yo era una provocación ingenua, un desclasado nato, y se me veía en la cara, sin duda, la burla o la rabia de todo aquello. Quizás, cuando más niño, me habían visto como uno de los suyos, me habían absuelto por rubio, pero ahora ya no había engaño posible. Y sentía que iba a ser para siempre el niño de los grabados antiguos, encadenado a un tórculo muy grande para sus pobres fuerzas, un niño de lámina empastada, gremial y triste.

Por la tarde no tenía que volver a la oficina y estuve en la habitación azul ordenando papeles, rompiendo papeles, recogiendo cosas, en esa tarde de limpieza general que es algo así como un viaje frustrado, ni siguiera formulado, quizá, un viaje de vuelo corto en que uno, con todo en orden y dispuesto, se queda quieto, sentado, con las dobles y encontradas tristezas del que se va, el que vuelve y el que se queda.

Entre los papeles había surgido una tarjeta impresa con unas palabras escritas a mano. Era la caligrafía inconfundible, elegante y clara, de Darío Alvarez Alonso, invitándome al acto de su ingreso oficial en la Sociedad de Amigos de la Casa de Quevedo, como miembro de número, el más joven de ellos, para aquella misma tarde. Había recibido la tarjeta la tarde anterior. Mi primo ensayaba en el laúd una romanza nueva que se le volaba de las cuerdas, como un pájaro indócil, aún no domesticado. Aquella letra de Darío Alvarez Alonso la envidiaba yo mucho. Era la letra de escribir ensayos clarividentes y poemas luminosos y armónicos. Yo no tenía esa letra, no la iba a tener nunca y por lo tanto nunca iba a ser un escritor reconocido, como lo estaba siendo ya mi amigo. Metí la tarjeta en el bolso de la chaqueta, tomé los guantes amarillos —la solemnidad lo exigía, me dije— y partí hacia la Casa de Quevedo, cruzando la ciudad atardecida, otoñal ya ("siempre al anochecer parece otoño", acababa de leer en un neorromántico), toda de luces amarillas, blancas, azuladas, con profundos vacíos de sombra y multitudes de niebla. En la Casa de Quevedo, algunos de los habituales, que me saludaban levemente. Mi amigo no había llegado y estuve en un rincón, cerca de la puerta, entre una alacena del XVII y un cuadro tenebrista sin firma, observando aquel minué de poetas y damas, que Diótima había llamado cursis y que sin duda eran la "flor y nata" de las gacetillas culturales. Procuré verles con los ojos miopes y resentidos de Diótima, y luego me pregunté cuántos años, cuántos siglos llevaban allí, reuniéndose semanalmente, intercambiándose bromas y endecasílabos: el poetón campesino, el poeta mundano, el poeta de los años veinte. ¿Habían encontrado en esto una forma de supervivencia, una zona de intemporalidad al margen de la vida y de los años, un limbo feliz y discreto, o era todo una mera repetición de la propia vida, una sustitución de la vida por la costumbre, una suplantación de la emoción por la cortesía y del grito por el suspiro?

Al parecer, el acto no iba a celebrarse allí. Aquél no había sido en esta ocasión sino el lugar previo de cita, y se supo que Darío Álvarez Alonso, el misacantano, iba a ir directamente al Casino, lugar de la ceremonia, la fiesta y la cena subsiguiente, elegido como marco más brillante y capaz para la afluencia de público y comensales. De modo que hacia allá nos encaminamos (no estaba lejos) en cortés rebaño, y yo no sabía si iba con ellos o iba solo, si me tenían o no me tenían en cuenta, y comprendí que, sin Darío al lado, yo no era nadie allí, aun cuando ya había llegado a creer que se me consideraba del pequeño círculo.

237

Pero realmente seguía en mitad de la calle, no era nada, y tuve vergüenza de mis guantes amarillos y los guardé en el bolso, como aquella vez al salir de visitar a Víctor Inmaculado, cuando comprendí que la cultura eran ocho horas diarias de estudio a oscuras, durante muchos años, y no andar haciendo el figurín por los cafés. Precisamente Víctor Inmaculado estaba en el vestíbulo del Casino, y se acercó sonriente y reverente a saludar a los poetas y a las damas, y también a mí me dio una palmada en la espalda, una palmada que me resultó de intención confortadora, pero que no me confortó nada. Víctor Inmaculado había sacrificado algunas horas de estudio este día, según me dijo, para asistir al acontecimiento. El Casino era un sitio del siglo pasado, con alfombras fucsia, cadmio y frambuesa, ujieres como duques, duques como ujieres, oros, platas, luces, la decadencia y la corrosión de lo que debió ser un gran esplendor, erosionado ahora por la vejez de los socios, la tos de las tertulias, la parálisis facial de las marquesas y el cansancio escéptico de las escayolas, que de vez en cuando dejaban caer un desconchón, una muesca, desde sus alturas de alegoría, Olimpo y desnudos, como recordando a los de abajo: Eh, que estamos aquí y nos aburrimos. A ver si os morís pronto alguno y por lo menos vemos un entierro.

La recepción en el vestíbulo era ya en sí una fiesta, presidida por el enorme ascensor, un sarcófago vertical en su jaulón de oro, que subía y bajaba solemnemente, interminablemente, llevando un viejo notario hacia los cielos o trayendo un político retirado a reconciliarse con su abrigo en el guardarropa, y de pronto apareció Darío Álvarez Alonso en la puerta, sonriente, luminoso y cortés, dando el brazo a María Antonieta, elegante de lutos bien elegidos, bellísima y como difunta. El rumor andaba por la ciudad y yo le había rehuído inconscientemente, pero era cierto. Darío y ella ya eran novios formales. "Ha cambiado de princeso", me dije, sonriendo de mi propia ocurrencia. En todo caso, había encontrado un señorito, el señorito que quería. ¿Éramos intercambiables Darío y yo? ¿Le amaba a él por mí o a mí por él? Seguramente no amaba a ninguno de los dos. O mejor a los dos. Darío besaba manos, estrechaba manos y presentaba a su prometida. Qué triunfo para ella, reinar una noche en aquel mundo que tanto había codiciado, sin duda, y al que yo no había sabido ni querido llevarla (y ya sin la vergüenza, detrás, de una madre impresentable, a la que habíamos hecho unos honores fúnebres un tanto raros). ¿Cuándo había empezado aquello? ¿El domingo que Tati tomó hábito? Mi vanidad se remediaba pensando que había encontrado en él un sustituto de mí. ¿O en mí una prefiguración de él? Qué más daba. Diótima tenía razón. Darío Álvarez Alonso estaba vendido, no a la prensa local, que aún no le pagaba, sino a una pescadería local. Me saludaron ambos como a un viejo y remoto conocido. No sufría por él, por ella ni por mí, sino por una abstracción cultural. Me había quedado sin modelo, sin amigo, sin profeta. Tampoco la cultura era verdad. La cultura podía ser el trámite hacia una pescadería. El propio Darío me había descubierto recientemente, por fin, las palabras de Baudelaire: Hay que ser sublime sin interrupción.

239

Dejé caer mis guantes amarillos, disimuladamente, en un rincón. Ya no los quería. Pero un ujier vino en seguida a devolvérmelos: "Perdón, señor, se le han caído los guantes al señor".

MAMÁ: perdona que me despida de esta forma. Siento dejarte, sobre todo, porque estás enferma. Me voy, no aguanto más. Ya sabes dónde. Quizá vuelva dentro de una semana. Quizá no vuelva nunca. Interrumpí la carta y levanté los ojos del papel. A través de los cristales de la cantina veía los raíles del tren, en el horizonte de la mañana. Había allá lejos un grupo de obreros, trabajando en la vía. La cabeza de uno de ellos, rubia, lucía al sol temprano. Me levanté y me acerqué a la puerta, para mirar mejor. Me hubiera gustado que fuese Miguel San Julián. Habría querido darle un abrazo de despedida. ¿Te vas de viaje? Sí, ya ves. ¿Por mucho tiempo? Sí, quizá. Ya no nos vemos nunca. A ver si cuando vuelvas nos vemos. Pero no, no era Miguel San Julián. Eso nos habríamos dicho, más o menos. El grupo de obreros se dispersaba. Se iban vía adelante, unos, y otros se quedaban arrodillados junto a una máquina que había en vía muerta, dándole golpecitos en las ruedas con sus llaves inglesas, como cuando un médico nos comprueba el reflejo rotuliano. El obrero rubio era más grueso y más bajo que Miguel San Julián. Se alejaba de espaldas. A Miguel San Julián no había vuelto yo a verle por el barrio. Sin duda, había escapado a la trampa de vino y amor que era la vinatería de Jesusita. Quizá tenga ya una novia en su barrio, me dije, y se casará pronto y vivirá en paz, tranquilo. Tuve nuevamente esa nostalgia falsa, literaria, de una vida más elemental y sencilla que nunca podría ser mi vida, porque entonces no habría sido yo. Miguel San Julián era el que yo podía haber sido descendiendo hacia la elementalidad. Cristo-Teodorito era el que yo podía haber sido ascendiendo hacia la ejemplaridad. Nuestros amigos, nuestros primeros amigos conscientes, elegidos, los de la adolescencia y la primera juventud, son como una prolongación o un reflejo de nosotros mismos. Por algo son nuestros amigos. Suponen otras versiones de uno mismo. Ramificaciones de nuestra vida que no vamos a seguir. Como las amigas o los primeros amores. Alguna vez había notado yo que, forjando su mujer ideal, el adolescente se está forjando a sí mismo, por interposición de otra persona que a lo mejor ni siquiera existe. Pues lo mismo con el amigo ideal, con el amigo íntimo. El amigo ideal es otra imagen de nosotros mismos, otro espejo en el que reflejarnos como nos quisiéramos. Al amigo, como a la amada, le ponemos nosotros todo lo que le falta para ser ideal. No sé si esto era lo que Goethe había llamado las afinidades electivas, según me explicara una vez Darío.

Darío. Sonreí. ¿Me había traicionado Darío —no en el amor, sino en el ideal de sublimidad— o era sencillamente que no se había ajustado a la imagen que yo me había hecho de él? Se dice que el joven busca maestros. Lo que busca son espejos. Algo de esto tenía yo anotado en mi diario. (Mi diario, roto en pedazos y quemado, la noche anterior, o salvado en parte, guardado como para siempre en mi cajón de la habitación azul.) El admirador tiraniza al admirado, como el enamorado tiraniza a la persona amada. La sublimidad, quizá, se la había puesto yo a Darío, porque forjar la sublimidad de otra persona es ya forjar la propia. ¿Hasta qué punto era él culpable de haber traicionado una imagen de sí mismo que le había creado yo? Quizá, cualquier otra persona habría visto en él desde el principio un joven vanidoso, ambicioso, inquieto, con ganas de revancha y de dinero, con afán escandaloso de triunfo. La propia Carmencita María me lo dijo una noche ¿no?: Este amigo tuyo es un poco fantasma.

Carmencita María, cuya dirección llevaba yo en un bolso de la chaqueta. O, más exactamente, la dirección de la sala de fiestas donde ella trabajaba, cerca de la Gran Vía, según me dijo. Con este solo bagaje me iba de la ciudad. Pensé que a lo mejor ya ni se iba a acordar de mí. Tendrá una aventura así en cada sitio donde baila. Si se le presentasen todos una noche, sería un lío. Me invitó a ir, estaba sola y sentimental, lejos de su casa. Ahora le parecerá absurdo que yo me presente allí. Pero ya tenía el cartoncito del billete para el tren, en el bolso, con la dirección de la bailarina.

Había reunido el poco dinero que yo podía reunir. Había salido de casa como todas las mañanas, pero en vez de dirigirme a la oficina, tomé el camino, un poco más largo, de la estación. Trataba de mirar las casas y las calles como despidiéndome de todo, pero no tenía sensación de irme para siempre. Las emociones no se improvisan, no se fuerzan ni se provocan. Llevaba en un paquete alguna ropa, algunos libros, algunos escritos míos. No me había despedido de nadie, ni en casa ni en la oficina. ¿Y de quién iba a despedirme? Era, por otra parte, la manera de no poder volver. Quedar mal con todo el mundo. Pero no estaba muy seguro de no volver. A mamá se lo decía en la carta. Volví a la mesa y terminé la carta. Le puse un sello en el estanco de la estación y la eché al correo. La recibirá esta tarde, me dije. Quizás, antes de que yo llegue. Estaré todavía en el tren cuando la reciba. Había desayunado allí, en la cantina de la estación, un café con leche. No había tenido paciencia para desayunar en casa. Pedí otro café con leche y volví a sentarme. La decisión de echar la carta había sido algo relajante, definitivo, tranquilizador, como si ya todo estuviera resuelto.

La cantina estaba tranquila a aquella hora. Era grande y parecía concebida en aquellos tiempos en que se esperaba como una solemnidad el paso de los grandes expresos europeos. Los grandes expresos europeos habían sido una de las últimas oportunidades que tuvo mi pequeña ciudad, que tuvieron las pequeñas ciudades españolas, de viajar a Europa siquiera con la imaginación, de que Europa les entrase en el alma como una refrescante vía de agua. Pero aquella euforia también había pasado, hacía muchos años, y el reloj de la cantina —reloj con mármoles y alegorías— marcaba una hora cualquiera de una ciudad sin tiempo.

El mostrador también era de mármol, muy alto. Ese mármol veteado de marrón, que es como el monumento al café con leche que bebemos tanto todos los españoles, y sobre todo en las estaciones. Había espejos, sillas fin de siglo que fueron casi solemnes y ahora estaban viejas y cansadas, espejos tapados en parte por un calendario o un cartel de toros. Había camareros en mangas de camisa, fondistas sin fonda, y gentes de la comarca, labriegos tiesos, duros y atentos, que sin duda estaban viviendo la gran aventura ferroviaria de su vida. Olía a café exprés y a suelo fregado. Por aquella cantina había pasado yo dos o tres veces en mi vida, cuando niño, durante la guerra, en los precipitados viajes de la familia. Luego se puso de moda entre los señoritos trasnochadores, calaveras, "perdis", como decía aún mi abuela, tomar la última copa de la noche en la cantina de la estación, abierta siempre, desvelada de trenes, y una vez había estado yo allí, con Empédocles y los suyos, con Darío y las gentes del café, viendo y viviendo aquel casino improvisado de la madrugada, con meretrices que parecían haberse pintado ojeras de carbonilla ferroviaria.

Empédocles, Teseo, Diótima. Los poetas de la Casa de Quevedo. Los del Círculo Académico. Doña Victoria y la doña Nati. Las viciosas muchachas enigmáticas: Tati, María Antonieta, Jesusita. Había explorado yo mi ciudad en todas direcciones, hacia arriba y hacia abajo. Nada. El misterio de Tati y María Antonieta me parecía ahora pueril, aunque tenía mucho escrito sobre aquello, en mi diario. Por la ventana, a través del cristal con el escudo de la ciudad impreso en fábrica, veía el andén de la estación, los viajeros madrugadores, los que estaban como yo, esperando el tren. Una máquina humeaba en una vía secundaria. Un mozo corría por el andén, no se sabía por qué ni para qué ni hacia dónde. Los hombres entraban y salían de los urinarios metálicos.

Me levanté y fui a comprar el periódico. Sentado de nuevo a la mesa, lo extendí sobre el mármol. Hacía años que no veía el periódico tan temprano. Yo, a aquella hora, regularmente, tenía que estar trabajando. El periódico reciente, aún no hojeado antes por nadie, como en la infancia, tenía una cosa eucarística de papel terso y pan fresco. Lo olí, lo respiré, pero no me apetecía leerlo, o no tenía paciencia para ello. Nada de lo que pudiese decir me afectaba, me interesaba. Era como ese viajero que, de paso en una estación, compra el periódico local y comprende en seguida que no le interesan nada las noticias del lugar, todas aquellas cosas que desconoce. Deja el periódico. Lo ha comprado por inercia. Quizá éste era el yo nuevo que estaba empezando a cuajar ya en mi superficie, como una nata. Pero debajo estaba el yo de años, de siglos. Miré la hermosa cabecera del periódico, sus letras góticas, fuertes, que me habían fascinado de niño como árboles o como guerreros, como el más hermoso dibujo de toda mi infancia, gustado incluso antes de saber leer.

Recordé la noche que había entrado en la sala de máquinas del periódico, con Darío. Qué emoción de selva industrial y literaria, qué impresión de pagoda sagrada del periodismo. Pero no me había sido tan fácil como a Darío escribir en aquel periódico, o hacer que mi nombre brillase en él. Sólo una vez me habían citado, en aquella gacetilla sobre la reunión semanal de la Casa de Quevedo, y con el nombre equivocado. Aquello me había parecido una consagración, pero nadie me habló nunca de ello, e incluso yo mismo lo olvidé pronto. Dejé el periódico a un lado, como para abandonarlo, pero luego tuve el movimiento sentimental de doblarlo en cuatro y metérmelo en el bolso de la chaqueta. Para leerlo en

el viaje, me dije mentalmente, por justificarme a mí
mismo el gesto.

El sol del otoño, muy claro a aquella hora de la
mañana, hacía brillar los raíles y ponía fantasías de
luz en el humo de las locomotoras. Tornaba alegre la
vieja estación de hierro y ladrillo. Yo no sabía, en
rigor, por qué me iba ni adónde iba. Creo que tuve,
incluso, ese momento de volver, de escapar corriendo
hacia casa o hacia la oficina. Miré el gran reloj de la
cantina. Demasiado tarde, ya, para entrar a trabajar.
Empecé involuntariamente a forjar una disculpa ante
el jefe. El reloj intemporal de los mármoles me marcaba ahora el tiempo implacable de la tardanza. Esta-
rían ya preguntándose por mí. No, era mejor volver a
casa, decir que me había sentido mal por el camino
de la oficina y que avisasen de mi enfermedad. Todo
fácil, todo resuelto. En realidad, no había tomado
aún ninguna decisión trascendental. Ya trataría luego
de recuperar el dinero del billete, que tanto me había
costado reunir. O lo daría por perdido.
Qué tonterías, dije casi en voz alta. Pero hay siempre
en la vida y en los viajes ese cruce de trenes en que
uno no sabe adónde va ni por qué se va. Es preciso
volver a razonarlo todo mentalmente, pero se hace
esto sin convencimiento. Claro que, del mismo modo
que no hay razones para irse, tampoco las hay ya para
quedarse. Y es cuando uno se va. Pagué el café y me
puse en pie, saliendo de la cantina, al andén, donde la
brisa de la mañana me estremeció un momento, y el
sol me cegó. Todavía buscaba involuntariamente, con

247

la mirada, entre los obreros lejanos que se movían en torno a unos vagones, en vía muerta, la cabeza rubia de Miguel San Julián. Era un último y mudo grito de socorro al pasado. El andén se inquietaba con la inminencia del tren, que estaba al llegar, y cuando vi la locomotora en el horizonte, me sentí más seguro, como la noche que había contemplado las máquinas del periódico, porque esta raza de acero y poder creada por el hombre no deja de contagiarnos su fuerza y su salud. Toqué el cartoncito del billete ferroviario en el bolsillo, porque, a punto de partir, un billete de tren se toca ya como un talismán. Una señora de pieles, sedas y lutos pasó delante de mí, tras el mozo de carretilla que le llevaba las maletas, y me dejó una estela de su perfume. El viejo, sabido e indeleble perfume de mi ciudad.